빛이 스미는 동안

빛이 스미는 동안

김경순
소설집

문학수첩

차 례

열
대
를　베
다

캄보디아에서 돌아오는 비행기는 자정에 이륙했다. 한 시간 남았다는 안내 방송에 눈을 떴다. 꿈을 꾸었다. 벌거벗은 어린 소녀가 작은 나무배에 서서 긴 막대로 노를 젓고 있었다. 호수의 끝은 햇빛을 받아 싱싱하게 빛나고 그 빛에 반사된 물빛은 똥물도, 냄새도, 둥둥 떠다니는 죽은 물고기도 없는 살아 숨 쉬는 찬란한 어장이었다. 비행기를 타기 직전 마지막 코스로 난민들이 살고 있는 호수를 한 바퀴 둘러보았는데 그래서 전날 다녀온 앙코르와트보다 더 강렬하게 머릿속에 남아 있었던 모양이다. 눈을 떴을 때 비행기 안에 켜진 미등을 보고 잠시 태양을 정면으로 바라본 듯 눈이 부셨던 것도 꿈의 이미지가 만든 허상이었다.

승객 대부분은 잠들어 있다. 손으로 시야를 가리고 창밖을 보았다. 시간은 알아서 한국의 새벽으로 돌아와 있다.

－몇 시야?

친구가 몸을 일으킨다.

－5시 좀 넘었어. 너는 좀 잤어?

－한숨도 못 잤어.

나도 몇 번을 깼는데 그때마다 친구는 깊이 잠들어 있었다. 우리는 서로 어긋나게 잠들고 깨서 승무원이 불을 밝히고 안내방송을 하기까지 둘이 동시에 깬 적은 없었다.

스웨터를 꺼내 입고 양말을 신는다. 발이 부어 운동화가 잘 들어가지 않는다. 친구는 승무원이 가져다준 커피를 마시면서 함께 패키지여행을 했던 일행을 찾느라 두리번거린다. 나는 여행을 떠나기 전에는 초면의 패키지 회원보다 이 친구와의 관계를 더 걱정했었다.

이 친구는 고등학교 때 같은 반 친구라 모르는 사이는 아니었지만 졸업 후에는 만난 적이 없었다. 둘 다 A라는 친구를 사이에 두고 아는 처지였다. 소설가라는 이 친구가 방에 가득 쌓인 책을 처분할 생각을 했고, A에게 혹시 소설책이 필요하면 가져가라고 했다. A는 평소 교보문고 같은 데 가서 몇 시간이고 쭈그려 앉아 소설책을 즐겨 읽던 나를 떠올렸다. 내가 책을 받겠다고 하자 A가 이 친구에게 내 전화번호를 알려 주었다. 하지만 어쩐 일인지 연락이 오지 않았다. 뭔가 사정이 있겠지, 하고 나도 잊었다. 마음이 바뀌었을 수도 있고 누군가 더 친한 사람에게 책이 갔을 수도 있다. 그게 재작년의 일이었다.

2주 전에 모르는 번호가 떴다. 이 친구였다. 소설책을 언제 가져가겠냐고 물었다. 나는 지금은 이사를 갈 예정이라 책을 받을 수 없다고 말했다. 그녀는 좀 난감해하는 눈치였다. 이사 가는데 책을 못 받을 이유가 없으니 이사는 핑계라고 생각하는 듯했다. 2년이 지난 뒤에야 전화를 걸어와 난감해하는 게 어이가 없었지만 그런 내색은 감추었다. 대신 A의 안부를 물었다. 최근에 경황이 없어서 A와 연락한 지 꽤 됐다.

─ 걔 말야, 나랑 캄보디아 여행을 같이 가기로 했는데 갑자기 못 가겠다는 거 있지? 요즘 다들 왜 그러나 몰라.

나를 비난하는 것 같아 기분이 나빴지만 그런 내색은 감추었다.

─ 그래서 여행은 취소된 거야?

─ 아니, 이번 여행은 정말 필요해서 싱글차지를 물고 가기로 했어. 앙코르와트를 보면 지금 꽉 막혀서 더 이상 진도가 안 나가는 소설의 영감이 떠오를 거 같거든.

─ 그럼 A 대신 내가 가면 안 될까?

─ 그럼 나야 좋지. 쌩돈 안 물어도 되고. 다음 주인데 괜찮겠어?

-괜찮아.

　-여권은 있지?

　-아니, 만들어야 돼.

　말을 그렇게 했지만 친하지 않은 친구와 어색하지 않을까 걱정했는데 우려했던 것만큼 불편하지 않았다. 오히려 공통 취미도, 화제도, 깊은 대화도 나눌 필요도 없어서 적당한 거리를 유지하며 여행을 무사히 마칠 수 있었다.

　캐리어를 끌며 아파트 입구에서 서성인 지 10분도 더 지났다. 그곳에 두고 온 적도의 날씨가 그립다. 추운 날씨가 낯선 것처럼 집이 낯설다. 납골당의 뼈 항아리처럼 생긴 재떨이가 놓여 있는 화단, 재활용품이 들어 있는 포대 자루, 먼지가 쌓이거나 녹이 슨 자전거가 매어 있는 거치대. 이곳에 살 때는 그냥 지나쳐서 그곳에 무엇이 있는지조차 알지 못했던 주변을 떠나는 마당에 꼼꼼히 살펴본다. 사람들이 캐리어를 끌며 서성이는 나를 힐끔 보고는 웅크린 채 바쁘게 버스 정류장으로 향한다.

　내가 이곳에 한 시간을 서 있는다고 해도 아는 사람을 만날 일은 없다. 이 아파트에 몇 년을 사는 동안 누구와도 사귀지 않았다. 전에 살던 아파트에서는 딸의 학교운영위원회며, 녹색어머니회까지 일주일에 한 번씩은 모임을 가졌다. 그들은 "차 한

잔하실래요?"라는 말만으로도 쉽게 유인되었다. 그들의 마음에 들기는 쉬웠다. 쿠키를 구워 작은 박스에 넣어 돌린다든지, 선물 받은 거라며 참치캔 몇 개를 쇼핑백에 담아 주면 까탈스러운 고양이 얼굴로 앉아 있던 여자들을 미소 짓게 만들 수 있었다. 적당한 시점에 격이 떨어지지 않는 음담패설 두어 가지를 풀어놓으면 자식을 키우는 조력자를 만난 듯 기뻐했다. 우리는 대형아파트에 같이 산다는 것만으로도 같은 국경 안에 모여 있는 동지로서 서로를 믿을 준비가 되어 있었다.

임대아파트로 이사 와서는 아무도 사귀지 않았다. 남편이 서류를 조작해서 고시원보다 싼 월세로 입주했다. LH에 제출한 서류에 따르면 나는 양은 주전자를 만드는 소규모 공장에서 일을 하고, 치매로 거동이 불편한 시모를 모시고 있다. 지문 인식 현관문이 설치된 최신식 아파트지만 절반 가까이가 임대아파트이다. 울타리를 둘러 임대아파트 입주자를 정문에서 통제하던 게 사회 문제가 되면서 큰 평수와 임대를 섞어 지었다. 주변 아파트 시세보다 싸다는 메리트 때문에 구입했던 큰 평형의 입주자들은 손바닥만 한 잔디밭이 있으면 돗자리를 깔고 삼겹살을 구워 먹고, 현관 앞에 어디서 주워 왔는지 모를 냄새나는 고물을 쌓아 놓는 사람들과 이웃하고 싶지 않아 집을 팔고 떠났다. 임대아파트 애들이 우글거리는 학교에 자신의 자녀를 보내고 싶지 않아 떠나는 이들도 있었다. 그들은 이건 평수의 문제가 아니라 삶을 살아 내는 방식, 의식의 문제라고 말했다.

핸드폰 진동음이 울리고 메시지가 뜬다. 몇 시간 전 공항에서 헤어진 친구가 사진을 보내왔다. 나는 이번 여행에서 사진을 찍지 않았다. 카메라 화소가 낮은 핸드폰이었는데 그마저도 잃어버려 임대 폰을 쓰고 있었다. 제일 싼 임대 폰을 골랐더니 카메라는 형체만 구분할 수 있는 수준이었다. 내가 사진을 한 장도 찍지 않는 모습을 보고 친구가 남는 건 사진뿐이라며 자신이 찍은 사진을 보내 주겠다고 했는데 벌써 보낸 모양이다.

사진들을 하나씩 넘겨 본다. 스펑나무에 휘감긴 크고 작은 시커먼 사원들. 앙코르와트에만 감탄했을 뿐 엇비슷하게 생긴 사원들은 내리쬐는 땡볕을 이길 정도로 감탄스럽지 않았다. 땡볕을 피할 수 있는 그늘만 찾아다니느라 제대로 감상하지 못했다. 그리고 마지막 사진은 조금 전 비행기에서 꿈을 꾸었던 베트남 소녀가 서서 작은 나무배의 노를 젓는 사진이었다.

사진이 신호인 듯 나는 지문 인식을 하고 집으로 들어간다. 거실에 어지럽게 놓인 이삿짐용 플라스틱 박스와 빈 소주병을 제외하면 내가 출국하기 전과 똑같다. 남편은 작은방에서 자고 있다. 남편의 벌린 입에서 뿜어지는 술 냄새가 지독하다. 캐리어를 열어 짐을 정리한다. 친구가 여행 와서 너처럼 아무것도 안 사는 사람은 처음이라고 말한 것처럼 캐리어에는 가지고 간 여름옷과 세면도구가 전부다. 가이드가 서른 명 가까운 일행을 이끌고 상점에 들를 때마다 나는 곧 이사를 갈 것이라서 뭐 사 가면 다 짐이 된다고 말했다. 친구는 핑계라면 진저리가 난다는 듯이 고개를 돌려 버렸다.

캐리어를 정리하고 쌓여 있는 설거지를 하는데 남편이 일어났다.

— 왔어?

— 밥은?

— 안 먹었어.

소리가 멀리서 들려온다. 화장실 물 내리는 소리가 들리고 남편이 쌓여 있는 LP판 앞에 주저앉는다. 나는 쌀을 씻어 압력밥솥에 안친다. 밥솥 안에는 상한 밥풀과 국물이 엉켜 누렇게 말라붙어 있다. 이사 박스를 들고 안방으로 들어간다. 방은 깜깜하다. 창문에 드리운 암막 커튼을 걷자 아침 햇살이 밀려들어 온다. 방 가운데는 장롱이 가벽처럼 세워져 있다. 창 쪽은 딸이 쓰고, 반대쪽은 내 서재 겸 침실이다. 입주 당시 중학생이던 딸에게 꿈과 희망을 주고 싶어서 창이 있는 밝은 쪽을 내주었다. 그러나 딸이 하교해서 제일 먼저 한 일은 암막 커튼을 치는 일이었다. 딸의 침대는 내가 떠날 때와 그대로이다. 잔 흔적이 없다. 오늘 이사하니까 들어오라고 문자를 보냈는데 답이 없다. 이사를 한다니 더 안 들어왔을 것이다.

내 책장에는 갖가지 참고서들이 꽂혀 있다. 《비상》, 《맨투맨》, 《일당백》. 자극적인 제목이다. 얇은 것도 있고, 두꺼운 것도 있고, 두세 번 정독해 가며 푼 것도 있고, 아예 펼쳐 보지 않은 것도 있다. 나는 박스에 구겨지지 않도록 차곡차곡 담는다. 내 밥줄이다. 가끔 사기도 하고 여기저기서 얻었던 소설책은 모조리 뽑아서 현관 입구에 쌓아 놓는다. 딸의 책장에는 교과서와 만화책이 전부이다. 공책은 많다. 대부분 새것이다. 두세 장 낙서처럼 끼적여 놓은 것도 몇 권 있다. 맨 아래 칸에는 그림책 전집이 꽂혀 있다. 딸이 7, 8개월일 무렵, 처음으로 사 준 곰돌이 그림책이다. 딸이 자라면서 동화책을 다 버렸지만 이 그림책만큼은 버릴 수 없었다. 아기 곰돌이들은 그네도 타고, 친구에게 장난감도 양보하고, 밥도 스스로 떠먹는다. 딸은 이 책으로 친구들과 과자를 나눠 먹는 법도, 생일 케이크에 꽂혀 있는 촛불을 끄는 법도 배웠다. 나는 딸이 너무 쉽게 원하는 방향으로 자라는 것을 보고 결혼 생활이라는 걸 만만하게 보았다.

압력솥의 김 빠지는 소리가 들린다. 남편은 거실에서 LP 빽판과 정품판을 한 장 한 장 꺼내 들여다보고 있다. 이삿짐을 싸

빛이 스미는 동안

는 게 아니라 이제 막 이사 온 사람처럼 보인다. 남편은 평소에는 LP판을 거들떠도 안 보다가 이사를 오고 갈 때만 소중한 기념품이라도 되는 듯 쓰다듬는다. 레코드플레이어는 이곳으로 이사 올 때 버렸다.

"차 한잔하실래요", 학교운영위원회 회의를 마치고 운동장을 가로질러 걸으면서 엄마들에게 제안하면 백이면 백 다 반가워했다. 그들이 우리 집에서 가장 감탄하는 것도 판 크기에 맞춰 제작한 책장에 이니셜대로 진열된 LP판이었다. 내가 좋아하던 소설에 등장하는 올드팝을 주로 틀었다. 〈캘리포니아 드리밍〉, 〈화이트 룸〉, 〈히어 컴즈 더 선〉을 들으면서 핸드드립으로 내린 커피를 마셨다.

냉장고에서 배추김치와 멸치를 꺼내 식탁에 올린다. 여행을 떠나기 전에 먹으라고 해 놓고 간 두부조림과 콩나물무침은 곰팡이가 피어서 버린다.

　 – 아침 먹어.

　 – 응.

남편은 대답만 할 뿐 손과 눈은 여전히 LP판을 뒤적이느라 분주하다. 30년 묵은 종이 커버가 삭아 먼지가 뿌옇게 일어난다.

　 – 밥 먹으라고. 치우고 싱크대도 정리해야 돼.

– 이거 팔면 돈 좀 될 텐데. 어디서 알아봐야 하지?

남편이 손을 털고 식탁으로 와 앉는다. 아직 술이 안 깬 얼굴이 얼룩덜룩하다. 남편은 잠깐 밥을 들여다보더니 냉장고에서 물을 꺼내 갓 지은 밥에 붓고 고추장을 찍은 멸치를 얹어 후루룩 삼킨다. 이제 쉰 살인 남편은 잇몸이 들떠 이를 네 개 뺐다. 몇 달 안에 두 개를 더 빼야 할 거라고 했다.

– 트럭 몇 시에 온다고 했어?

– 11시.

– 재활용 트럭이? 이삿짐 트럭이?

– 그건 나도 몰라. 알아서 오겠지.

– 11시에 트럭 오는데 짐을 하나도 안 싸 놓으면 어떡해.

– 어차피 다 버릴 건데, 뭐.

남편은 절반도 넘게 남은 밥을 싱크대에 버리고 다시 LP판 앞에 가서 앉는다. 나도 식탁에서 일어나 냉장고에 있는 반찬통을 다 꺼낸다. 양파절임과 언제 먹다 남은 건지 모를 북엇국을 버리고 된장찌개도 버린다. 싱크대 개수대는 금세 음식물로 넘친다. 엄마가 준 묵은 김치통을 비우는데 인터폰이 울린다. 재활용 트럭이 온 줄 알았는데 폐기물 트럭이라고 한다.

– 폐기물 트럭도 불렀어?

– 그럼. 이 물건들 다 가져갈 수 없는데.

－아직 재활용 트럭이 안 왔는데 좀 기다리라고 해. 재활용할 걸 먼저 정해야 폐기를 하든 말든 할 거 아냐.

－아직 재활용 트럭이 안 와서요, 좀 기다리셔야 되겠는데요.

남편이 내 말을 그대로 기사에게 전한다.

－언제까지 기다려요, 원래 저희는 일찍 작업하는데 사장님이 11시에 오라고 해서 늦게 온 건데 몇 시까지 기다리라고요.

－그럼 어떡하죠?

－그 사람들 가전제품 아니면 잘 안 가져가요. 일단 가구들은 다 폐기하신다고 보면 돼요.

－그럼 알아서 해 주세요.

남편이 길을 터 주자 인부 두 명이 들어온다. 두 개의 방을 기웃거리더니 제일 먼저 가지고 내려간 것은 장롱이다. 안방 가운데 가벽이 되었던 장롱과 남편이 자는 작은방에 있던 장롱, 세트인 두 짝이 몇 년 만에 폐기물 트럭에서 만났다. 한 인부는 트럭 위에서, 다른 인부는 아래에서 작업을 한다. 폐기물 트럭과 직접 연결되어 있는 사다리를 타고 내려온 장롱은 곧바로 인부의 도끼에 찍힌다. 다음은 딸의 책장과 내 책상 세트이다. 10년 이상을 써도 제법 짱짱했던 그것들은 도끼질 몇 번에 불쏘시개로 변해 버린다. 패브릭 소파를 끌고 가기에 소파는 재활용 쪽에서 가져갈지 모른다고 말한다. 그러자 "이따가 딴 말 마십쇼"라는 대답이 돌아온다. 그냥 처리해 달라고, 남편이 손을 내저으며 말한다.

양옆에 장롱 문짝을 세워 맹수 우리처럼 변한 트럭에는 끝없이 많은 물건이 쏟아져 들어간다. 백화점 사은품으로 받은 접시 세트와 결혼 때 해 온 본차이나 세트가 깨지고 빨간 자개장이 박살 난다. 시모는 그 자개장을 귀히 여겼다. 시모가 자라던 시골에서 빨간 자개장은 부의 상징이었고 시부가 돈을 벌기 시작하자 제일 먼저 장만했다고 들었다. 내가 마지막까지 처분하고 싶지 않아 고민했던 것도 이 자개장이었다. 네 개의 짤막한 돼지다리가 몸체를 받치고 있는 3단 장식장에는 크리스털 잔과 브랜드별로 모아 놓은 양주가 진열되어 있었다.

나는 베란다에서 팔짱을 끼고 까마득한 아래를 내려다본다. 도끼를 든 남자의 움직임과 파열음이 묘하게 일치하지 않는다. 한겨울인데도 이마에 수건을 두르고 도끼질을 하는 인부는 빨간 자개장이 깨지는 불협화음에 맞춰 춤을 추는 현대 무용수처럼 보인다.

핸드폰이 울려서 보니 여행을 같이 간 친구에게 문자가 왔다. '네 베개 나한테 있네. 어떡하지?' 나는 라텍스 베개를 샀다는 사실을 까맣게 잊고 있었다. 왜 그 비싼 걸 샀을까. 마지막이

빛이 스미는 동안

될지도 모를 해외여행이었다. 시모가 치매 중기쯤, 더 정신없어지기 전에 주겠다며 3부짜리 다이아 알을 건넸다. 나는 그걸 판돈으로 캄보디아 여행을 다녀왔다. 말린 망고 한 봉지조차 사지 않았다. 하지만 라텍스 공장에 들러 다들 이리저리 침대 위에 누워 볼 때, 앙코르와트를 종일 돌아 다리가 아팠던 나 역시 슬그머니 몸을 뉘어 보았다. 단단하면서도 어깨를 감싸는 베개가 너무 편했다. 일어났을 때 잠깐 사이에 내 두상을 석고로 뜬 모양이 베개에 남아 있었다. 내 두상을 본 적은 없지만 얕은 대접 모양이었다. 이 베개에 눕는다면 잠을 푹 잘 수 있을 것 같았다. 앞으로 집도, 차도 가질 수 없을 텐데, 비싼 베개 하나 갖는 게 그렇게 사치는 아니겠지. 부부 베개를 주문한 친구의 박스에 내 베개를 같이 담았고, 까맣게 잊고 있었다.

　– 택배로 부쳐 줄까?

　나에겐 주소가 없다. 나는 망설인다. 그 친구는 일산에 산다고 들었다. 내가 이사 갈 곳과는 반대쪽이다. 내가 나중에 너희 집 쪽으로 가겠다고 문자를 보낸다.

　남편은 빨간 자개장이 쏟아 낸 다양한 모양의 크리스털 잔과 브랜드별로 모아 놓은 양주를 뽁뽁이에 싸면서 몰래 위스키를 홀짝인다. 나는 모른 척하고 싱크대 하부장을 연다. 설탕이며 튀김가루 봉지를 꺼내는데 봉지 하나가 딸려 나오면서 시커먼 조각이 쏟아진다. 잘게 손질된 미역이다. 이 미역은 작년 가을에 딸에게 끓여 주고 남은 것이다. 딸은 수술이 끝나고도 마취가 깨지 않아 한참을 회복실에 누워 있었다. 내 팔에 의지해 엉거주춤 걷는데 가볍게 떨기까지 했다. 집에 오자마자 미리 끓여 놓은 미역국에 쌀밥을 지어 식탁 위에 차렸다. "엄마, 인터넷에서 봤는데 미역에 인이 많아서 갑상선에 안 좋대." 딸이 국그릇을 밀쳐 내며 한 말이었다.

─이거 다 어떡하지?

남편이 수십 개의 양주 샘플을 가리킨다.

─다 버려.

나는 미역을 손으로 쓸어 쓰레기봉투에 넣으면서 말한다. 빨간 자개장에 값비싼 양주와 함께 일렬로 늘어선 오리지널을 그대로 축소해 놓은, 앙증맞은 양주 샘플은 충분히 장식적이었다. 모든 것이 해체된 지금, 라벨은 누렇거나 찢어졌고 알루미늄 뚜껑은 너무 작고 오래돼 잘 돌아가지 않았다. 남편이 엉거주춤 뒤로 물러서다 몰래 홀짝이던 위스키 병을 건드린다. 누런 액체가 거실 바닥에 엎질러진다. 그 냄새와 색깔. 역한 위스키 냄새가 내 식도를 휘감는다. 순간 오심이 치밀어 화장실로 달려간다. 조금 전에 먹은 멸치와 밥알을 토해 낸다.

인터폰이 울려서 재활용 트럭 기사가 온 줄 알았는데 경비이다.

– 잠깐 내려오세요.

경비의 말에 남편이 나를 힐끗 본다.

– 가 봐.

남편이 신발을 신고 나간다. 나도 그 뒤를 따른다. 남편이 모든 걸 깨부수고 있는 트럭 옆을 지나다가 땅에 떨어져 있는 사진을 줍는다.

– 이 사진 좀 봐. 나 어렸을 때네.

사진은 깨지지 않고 온전하다. 시부모가 뒤에 나란히 서 있고 남편과 시동생이 그 앞에 앉아 있다. 연년생인 두 형제는 네다섯 살쯤이다. 우아하게 성장한 시부모와 어린 형제에게 양복을 입히고 찍은 사진은 척 보기에도 부유함이 느껴졌다. 똘망똘망한 눈으로 정면을 응시하고 있는 남자아이는 한 살 많을 뿐인데도 형이라고 어린 동생의 손을 꼭 쥐고 있다. 45년 후에 이 아이가 알코올중독에 사기를 당해 전 재산을 날려 먹는 사람이 되리라고는 아무도 예상하지 못했을 것이다. 남편은 걱정거리가 없던 어린 시절로 돌아간 듯 웃으며 사진을 들여다보다가 경비의 짜증 섞인 호출에 허겁지겁 사진을 패딩 점퍼 주머니에 집어넣는다. 패딩 점퍼는 어디에 쑤셔 박혀 있었는지 심하게 구겨져 있다.

- 이게 다 뭡니까? 이렇게 쌓아 놓으면 어떡해요?

남편이 다가가기도 전에 경비가 뒤쪽을 손가락질하며 소리친다. 그가 가리킨 곳에는 내가 내놓은 소설책과 냄비류, 고장난 프린터, 플라스틱 다라이와 이불이 무질서하게 쌓여 있다.

- 이건 플라스틱이고 저건 쇠로 만들어진 건데, 다 재활용되는 거잖아요.

내가 스타카토로 끊어서 소리친다.

- 아무리 쇠로 만들어졌어도 저렇게 부피가 큰 건 돈을 내셔야 돼요. 그냥 놔두면 한 달이고 두 달이고 업자가 안 쳐 간단 말씀입니다.

- 알았어요, 얼마 내면 돼요?

남편이 흩어져 있는 이불을 발길로 모으며 말한다.

- 이불은 3천 원이니까 삼오십오… 만 5천 원에, 나머지는 5만 원에 퉁쳐서 6만 5천 원인데 6만 원만 내세요. 이게 다죠? 더 내놓으시면 안 됩니다.

- 알았어요. 당신 돈 있어?

나는 고개를 젓는다.

- 저기 트럭 기사한테도 돈 줘야 하니까 암튼 이따 좀 정리되면 줄게요.

- 진짜죠? 그냥 가시면 안 돼요. 저희가 다 물어야 한다고요.

빛이 스미는 동안

- 아니, 이 사람이 속고만 살았나. 그냥 물건 쌓아 놓고 도망치진 않을 테니 걱정 마시라고요.

- 저 깨부수는 작업은 언제 끝나요? 지금 주민들한테 몇 번이나 항의가 들어왔어요. 너무 시끄럽다고.

- 알았어요. 곧 끝납니다.

남편은 아직 화가 안 풀린 채 서 있는 경비로부터 몸을 돌려 걷다가 낮게 속삭인다.

- 저거 다 재활용할 수 있는 것들인데 저 새끼들 돈 받아서 술 처먹으려는 거야. 다 줄 필요 없어. 시끄럽다고 항의 온 것도 거짓말이라고. 이사 한두 집 가나. 거지 근성들. 이따 4만 원에 네고 볼 테니까 너무 걱정 마.

- 우리가 이사 가는 거 이상하게 생각하고 신고하는 거 아냐?

평소에 인사를 잘하던 경비가 계속 거칠게 나오는 게 신경 쓰인다. 신고라도 하면 골치 아파진다.

- 임대 사는 사람들 그냥 이사 오면 오고, 가면 가는 거지. 저 사람들 신경도 안 써.

이곳에 새로 이사 올 사람은 어린 아들을 하나 둔 젊은 부부다. 젊은 아내는 양은 주전자 공장의 직공에 치매로 거동이 불편한 시모를 모시고 있는 사람이 된다. 나는 그들의 진짜 직업이 무엇인지 모른다. 평범한 직장인일 수도 있고, 언젠가 시사

고발 프로그램에서 본 벤츠를 모는 부유층의 자녀일 수도 있다. 우리는 어쨌든 돈만 받고 가짜로 꾸며진 서류를 건네면 된다. 국가의 행정이라는 것은 마음만 먹으면 얼마든지 속여 넘길 수 있다. 돈은 빚 갚는 데 쓰일 것이다. 이제 우리는 무지막지한 채권자들한테 쫓기지 않는 삶을 살 수 있다.

–근데 당신 진짜 5만 원 없어?

나는 고개를 끄덕이다 미납된 과외비를 떠올린다. 멀리 이사 가게 돼서 더 이상 과외를 할 수 없다고 학생 엄마한테 말했는데 과외비 25만 원에서 5만 원을 떼고 보내왔다. 그녀에게 미납금 좀 빨리 부탁한다고 문자를 보낸다.

거실에는 장롱에서 쏟아 낸 옷들이 쌓여 있다. 나는 이사 박스에 넣을 옷을 고른다. 꼭 필요한 옷들은 고가의 옷이 아니고 싸구려 옷이다. 결혼 피로연에 입었던 고급 브랜드의 투피스는 버리고 티셔츠와 청바지는 담는다. 딸의 교복을 들고 한참을 망설인다. 가져가야 하나 말아야 하나. 딸이 다시 학교에 다닐 것 같지는 않다. 지난번에 달래서 검정고시를 치겠다는 약속을 받아 내긴 했지만 언제 집에 올지 모른다. 가져갈 박스에 동복과 하복, 체육복을 담는다. 박스 세 개가 금세 찬다.

남편과 재활용 트럭 기사가 같이 들어온다. 재활용 기사는 왜소하고 반백이라 물건 하나 들 수 있을 것 같지 않다.

— 냉장고하고요, 전자렌지, 테레비는 가져가고요, 세탁기하고 침대는 안 가져가요.

— 세탁기를 안 가져가신다고요? 가져가 주세요. 저희가 따로 가전제품 회사에 전화 안 했단 말예요.

— 그렇게 못 해요. 대신 이 옷들은 가져갈게요.

재활용 기사가 한쪽에 쌓아 놓은 옷 중에서 한복을 뭉텅이로 끌어안았다. 시모는 평상시에도 한복을 자주 입었다. 세탁기가 낡긴 낡았다. 드럼세탁기도 아니다. 세탁기를 내놓으면 경비와 또 실랑이를 벌여야 한다. 세탁기도 도끼로 깨부술 수 있을까. 망설이다가 세탁조에 들어 있던 옷가지를 전부 버린다. 세탁기 옆에 박스가 있어서 열어 보니 모기 훈증기 같은 계절용품과 샴푸 따위의 일상용품이 들어 있다. 다 꺼내는데 박스 바닥에 그것이 보였다. 투명한 비닐봉지에 싸인 검고 동그란 것. 이게 왜……. 몸이 뻣뻣하게 굳는다.

딸 방에서 세 식구가 죽으려고 했다. 위스키 두 병을 나눠 마셨는데도 세 시간 만에 눈이 떠졌다. 암막 커튼을 친 깜깜한 방에서 탄 빛이 비상등처럼 깜빡였다. 나는 숨 쉬기 어려워 쿨럭이면서 딸을 들쳐 업었다. 대여섯 살 때 업어 본 게 마지막이었다. 축 늘어져 있는데도 다른 또래 애들의 절반도 되지 않는 가

벼운 몸이었다. 숙취와 들이마신 이산화탄소 때문에 현관문을 나서자마자 다리가 풀리면서 넘어졌다. 딸도 나동그라졌다. 그제야 119를 떠올렸다. 나는 주저앉아 울면서 119를 불렀다. 딸은 살아 있을 수 있는 곳으로 도망쳤다. 딸은 살기 위해 이곳에서 도망쳤다. 나는 황홀한 불빛으로 목숨을 앗아 가는 둥근 탄을 들고 서 있었다.

재활용 트럭도 떠나고, 폐기물 트럭도 떠났다. 마지막에 온 용달차 기사가 운전석에서 캔 커피를 마시면서 우리를 주시한다. 남편은 경비의 삿대질을 고스란히 받으며 고개를 숙이고 있다. 세탁기며 침대며 잡동사니들이 처음에 내놨던 양보다 더 많이 쌓였다.

–5만 원에 안 된대. 어떡하지? 장모님한테 전화해 봐.

나는 엄마에게 전화를 걸어 7만 원만 보내 달라고 말한다. "아버지한테 지금 은행가서 보내라고 할게." 부모님은 인터넷 뱅킹 같은 건 모른다. 나는 조금 전 과외 학생 엄마에게 보냈던 문자를 확인해 보았지만 답장도, 돈도 안 들어와 있다.

과외 수업을 학생의 아버지 서재에서 했다. 나는 아이가 문제를 푸는 동안 책꽂이에 꽂혀 있는 장서를 훑어보곤 했다. 아이의 아버지에 대한 정보는 없었지만 책등에 적힌 제목만으로 그는 법대 교수일 거라고 추측했다. 책의 계통에 밝지 않은 내 눈으로도 한쪽 벽을 가득 채운 책의 대부분은 법리에 관한 것이었다. 베스트셀러 목록에 이름을 올린 자기계발서가 드문드문 꽂혀 있긴 했지만 백과사전처럼 낱권마다 하드 케이스에 쌓여 있는 전공책은 위엄을 갖추고 있었다.

나는 그 집에 갈 때마다 긴장했다. 그 집에는 앙증맞은 시추를 키우고 있었다. 내가 벨을 누를 때부터 짖기 시작해서 학생이 서재 문을 닫을 때까지 맹렬하게 짖어 댔다. 깜찍한 얼굴이 험하게 뒤바뀌면서 이를 드러내고 짖는 시추를 볼 때마다 같은 개인지 의심스러웠다. "그만, 그만." 주인 여자의 한마디에 시추는 꼬리를 흔들며 여자의 품에 안겼다. 어떻게 관리를 하는지 시집 간 딸이 있다는 환갑을 넘긴 여자는 40대로 보였다.

- 우리 애기, 다른 과외 선생님들한테는 안 그러는데.

다른 과외 집의 반려견들로부터 호의를 받는 걸로 자존감을 지켜 온 나는 뭔가 내게 큰 결함이라도 있는 듯 자책하곤 했다. 어쩌면 다른 집 개들은 모두에게 호의를 베풀도록 훈련이 되어 있었는지도 모른다. 학생의 아버지는 거실에서 프로야구를 보고 있다가 내가 진귀한 물건들로 장식된 거실을 가로지를 때면 듣기 좋은 목소리로 "선생님, 안녕하세요" 하며 깍듯이 인사를 건넸다. 나는 그가 장서의 주인이라는 사실만으로도 황송해서 깍듯이 맞절을 드렸다. 가끔 그는 거실에서 주인 여자와 말싸움을 했다. 조금 전 부드럽게 인사를 하던 사람과 같은 사람이라는 게 믿을 수 없을 만큼 크고 거친 목소리였다. 학생은 아무렇지도 않다는 것을 보여 주려는 듯 더 집중해서 문제를 풀었고 어떨 땐 농담을 건네기도 했다.

내가 그 집 과외를 그만둔 건 멀리 이사를 가서가 아니었다. 지난번 과외를 가서 그 집 인터폰을 눌렀는데 아무런 응답이 없었다. 다시 벨을 누르고 문에 귀를 댔다. 시추 짖는 소리가 멀리서 들려왔지만 인기척은 없었다. 전날 핸드폰을 지하철 화장실에서 잃어 버렸다. 할부금 약정 기간이 아직 1년도 더 남았고, 핸드폰을 찾을 수 있다는 희망을 버리지 않았을 때였다. 전날까지 아무런 연락이 없었으니 괜찮겠지, 하고 예정된 날짜에 온 것이다.

내가 인터폰을 누를수록 시추의 짖는 소리는 점점 더 맹렬해졌고 나는 시추의 뒤바뀌는 얼굴을 떠올리며 더 열심히 눌러 댔다. 그러다가 어느 순간 벨 누르기를 포기하고 계단에서 기다렸다. 30분 정도 지났을 때 엘리베이터 문이 열리면서 젊은 부부가 내렸다. 그 집 딸 부부였다. 내가 자초지종을 얘기하자, "아 그러세요?" 하며 비밀번호를 눌렀다. 문이 열리고 나도 따라 들어서는데 주인 여자가 시추를 안고 숨 죽여 지켜보고 있었다.

'5만 원 보내라고 도둑년아.' 전송 버튼을 눌렀다. 누르자마자 곧바로 문자가 떠서 놀라 확인했더니 10만 원이 입금됐다는 은행 문자였다. 캔 커피를 진작 다 마신 용달차 기사의 얼굴이 점점 험악해지는 것을 보면서 은행으로 뛰어갔다. 아버지는 한쪽 폐의 일부를 떼어 내는 수술을 받았다. 이 돈을 부치려고 아버지는 추운 날씨에 숨을 헐떡이며 은행으로 급하게 걸어갔을 것이다.

경비와 실랑이를 하느라 지체한 시간을 벌려고 트럭은 강변북로를 미친 듯이 달린다. 작은 트럭에 아슬아슬하게 쌓아 올린 짐들이 마찰하며 덜그럭거린다. "차가 안 막히네요." 인상을 쓰고 있는 기사의 기분을 풀어 주려고 남편이 몇 번이나 말을 붙였지만 기사는 대꾸 없이 정면만 바라보고 운전한다. 나는 차창을 스쳐 가는 한강을 바라본다. 떠 있는 작은 배가 너무 멀어서 가는 건지 멈춰 있는 건지 알 수 없다.

친구와 나는 청년이 모는 작은 나무배에 탔다. 어린 소녀들이 선 채로 긴 막대로 배를 저어 어딘가로 가고 있었다. 나는 너무 더러워서 탁한 청회색을 띠는 호수 물을 안 보려고 적도의 햇빛을 받아 반짝이는 수평선 끝에 시선을 고정했다.

– 저건 무슨 바다야?

내가 천천히 노를 젓는 청년에게 물었다.

— 메콩강이야.

— 메콩강? 바다가 아니라 강이라고?

— 응. 캄보디아, 라오스, 베트남에 걸쳐 있어. 여기 살고 있는 베트남 사람들이 저 끝에 가서 물고기를 잡아. 물고기 많아.

호찌민 시대 때 베트남 난민은 공산당에 쫓겨 죽음을 각오하고 메콩강으로 흘러들었다. 전쟁이 끝났지만 조국은 그들을 받아 주지 않았다. 캄보디아도, 베트남도 아닌 이 호수가 그들의 국경이 되었다. 똥을 누고, 그 물을 떠서 밥을 짓고, 머리도 감는 호수를 돌아 우리가 출발한 지점으로 회귀하는 중이었다. 나는 문득 청년이 노를 젓는 게 아니라 기다란 막대기로 배를 밀고 있는 것을 깨달았다.

— 이 호수의 깊이가 얼마야?

— 50미터.

— 15미터?

'피프티'인지 '피프틴'인지 정확히 들리지 않았지만 피프티일 리는 없을 거 같아 되묻자 그가 눈을 동그랗게 뜨며 정정했다.

— 50센티미터.

50센티미터라면 조금 전의 소녀가 걸어도 빠지지 않는 깊이였다. 그런데도 이곳에서는 아무도 걷거나 헤엄치지 않았다.

– 50센티미터? 호수가 깊지 않은데 왜 배를 타고 다니지?

– 물이 너무 더러워서.

노를 젓는 건 배가 앞으로 나아가기 위해서다. 여기선 배를 밀었다. 배를 미는 게 오염된 물 때문이라고는 아무도 생각하지 않을 것이다.

아버지가 지팡이에 몸을 의지하고 공동 현관 입구에 구부정하게 서 있다. 기사가 밧줄을 푸는 걸 보고 아버지에게 인사를 한다. 거실로 들어서니 엄마가 잔뜩 골이 나서 점심밥부터 먹자고 한다.

– 엄마, 지금 밥 먹을 시간 없어. 이삿짐이 늦게 출발해서 기사가 화가 많이 났어. 짐부터 내려야 돼요.

– 우린 너희 오면 먹으려고 지금까지 기다렸는데, 아버지 약도 못 드시고. 늦으면 늦는다고 전화라도 하던지. 왜 그 모양이냐.

– 우리 신경 쓰지 마시고 두 분 먼저 드세요.

– 어떻게 신경 안 쓰냐. 이렇게 느닷없이 짐 끌고 들이닥치는데. 어떻게 우리 둘만 밥 먹어.

엄마는 곧 울음이라도 터뜨릴 것처럼 인상을 찡그렸지만 엘리베이터에서 짐이 밀려 엄마에게 사정을 알릴 여유가 없다. 기사가 엘리베이터에 짐을 실어 올리면 남편이 엘리베이터에서 내리고, 내가 거실로 옮기는데 남편이 기사를 따라잡지 못해 짐이 밀린다. 가전제품이나 가구처럼 부피가 큰 물건은 없지만 문제집이나 LP판, 시부모의 유품인 오동나무 바둑판이나 과일 상자 크기의 벼루처럼 무게 나가는 박스가 많았다. 아버지가 자꾸 물건을 나르려고 해서 엄마가 아버지를 말리다가 말싸움으로 번진다.

내가 기억하는 어린 시절의 최초의 기억도 두 분이 싸우는 장면이다. 아버지가 물건을 부수고, 던지고, 엄마를 때리면 엄마는 그걸 고스란히 받아 냈다. 나는 그게 보기 싫어서 대학을 졸업하자마자 결혼할 사람을 찾았다. 시집은 2층 단독주택이었다. 2층에 있는 남편 방에서 내려다보이는 정원은 잡지에 소개되는 집처럼 아름다웠다. 과실수와 소나무들이 조화롭게 심어져 있었고 기하학적인 정원석 사이로 온갖 색의 철쭉이 피어 있었다. 노란 철쭉을 본 게 그때가 처음이었다. 남편과 화해할 수 없을 지경까지 갔을 때도 나에게는 돌아갈 집이 없었다. 그곳에는 부모님의 더 끔찍한 싸움이 기다리고 있었다. 아버지는 40년간 하루 두 갑씩 피운 담배로 폐의 일부를 절제했는데도 마르고 검버섯 핀 얼굴로 엄마를 노려보면 내 몸까지 오그라드는 기분이었다.

아버지가 기거하는 작은방에 짐이 쌓여 간다. 간신히 책상과 이부자리를 깔 정도의 공간만 남는다. 엄마의 만류에도 이삿짐 옮기는 걸 돕던 아버지는 짐이 방 절반 이상을 차지하자 대놓고 불퉁거린다. 오빠네 집에 얹혀사는 아버지는 족보 정리를 핑계로 당신의 작은방에서 나오지 않는데 그마저 잠식당했다. 올케에게 당신의 병든 모습을 보여 주는 것도 모자라 쫄딱 망해 버린 시누까지 들이닥쳐 천덕꾸러기가 될 생각을 하니 심기가 불편한 것이다.

– 니들, 어쩌다가 이 지경이 된 거냐.

늦은 점심상을 차린 엄마는 첫술을 뜨다가 울음을 터뜨렸다.

– 누가 죽기라도 했나, 재수 없게.

엄마를 누르는 위세로 가난을 덮어 왔던 아버지는 쉬고 갈라진 소리를 내지르며 수저를 소리가 나게 놓는다. 여전히 쉬고 갈라졌지만 다른 색깔의 목소리로 "자네 술 한잔해야지" 하고 남편에게 술잔을 건넨다. 남편은 처음엔 엄마를, 그다음엔 내 눈치를 살피더니 "아닙니다, 저 일 보러 가야 해요"라며 들깨탕을 한 수저 뜬다.

엄마가 설거지를 하는 동안 나는 친구에게 전화를 건다. 우리가 불편할까 봐 자리를 비켜 준 오빠와 올케가 조금 있으면 들어올 것이다. 대면을 최대한 늦추고 싶다.

― 오늘 베개를 가지러 갈까 하는데 시간 괜찮아?

― 오늘 이사한다고 하지 않았어?

― 얼추 다 끝났어.

― 라페스타에서 볼까? 거기 알지?

― 알긴 아는데, 나 땜에 너 시간 뺏는 거 같아서. 주소 알려주면 너희 집으로 찾아갈게. 가서 베개만 받아 올게.

― 그래 주면 나야 고맙지. 지금 작업실에 있으니까 여기로 와.

친구의 작업실은 일산 중심가에서도 시외버스를 타고 꽤 들어간 곳이었다. 버스 밖으로 겨울의 황량한 텅 빈 논밭이 스쳐지나간다.

― 어서 들어와.

― 근처에 마트가 있을 줄 알고 그냥 왔는데 버스에서 내리니 아무것도 없네.

처음 방문하는 친구 집엘 빈손으로 들어서는 게 미안해서 핑계를 댄다.

― 여긴 진짜 집도 아닌데 뭐. 아침 먹고 나와서 글 좀 쓰다가 저녁 먹으러 들어가. 좀 있다 들어갈 거야.

― 앙코르와트 얘기, 소설로 쓰는 거야?

책상 위 노트북에는 한글 화면이 켜져 있다.

― 아니. 사실 앙코르와트는 이미 다른 작가들이 많이 썼어.

너무 좋은 소설들이 많아서 내가 차별화되게 잘 쓸 자신이 없어. 왜, 베트남 공항에서 만난 젊은 부부 있잖아. 그 부부 이야기 쓰고 있어. 그 사람들 이민 가방이 일곱 개인가 여덟 개였잖아. 한국에서 사고 치고 도망친 거 같지 않디? 앙코르와트 시골에 정착해 보겠다고 서울 살림 다 정리해서 갔는데 털 벗긴 닭에 파리 떼가 5백 마리가 앉아 있는 거랑, 쌀국수에 미원 한 숟가락씩 퍼 넣는 거 보고 다시 짐 싸서 한국에 돌아가는 중이라고 했잖아. 한국 사람들, 동남아 가서는 못 살지. 사업하러 가는 거면 몰라도 동남아 시골 촌구석에서 어떻게 살아. 한국에서야 아무리 시골이라도 뜨거운 물, 찬물 펑펑 나오겠다, 와이파이 팡팡 터지겠다, 열심히만 일하면 먹고 살 수 있잖아. 다들 힘들고 더러운 일 안 하려고 해서 그렇지. 그 사람들 기억나지?

기억난다. 실패의 기색이 역력한 그 젊은 부부는 피로한 여행객을 부러운 시선으로 바라보았다. 친구가 커피잔을 테이블 위에 놓고 방으로 들어가 베개를 가지고 나온다.

─ 이사까지 해서 피곤할 텐데 이렇게 와 줘서 고마워.

─ 무슨 소리. 내가 고맙지. 너한테 짐 맡겨 놨으니까 당연히 찾으러 와야지.

친구와 나는 더 이상 얘깃거리가 없다. 친구가 자꾸 시계를 본다.

– 멀리 왔는데 저녁도 같이 못 먹어서 미안. 남편이 8시면 칼퇴라서 지금 집에 가서 저녁 준비해야 돼.

친구가 시계를 손으로 톡톡 친다.

– 그래, 이거 다 마시고 나가자.

나는 믹스커피를 천천히 마신다.

– 나 오늘 여기서 하룻밤만 자면 안 될까? 이사하다가 남편이랑 싸웠는데 너무 꼴 보기 싫어서 이참에 버릇 좀 고쳐 놓고 싶은데…….

– 아, 어떡하지? 나 원고 마감이 며칠 안 남아서. 누가 있으면 집중을 못 해.

– 너 내일 출근하기 전에 사라져 줄게.

– 미안. 여긴 나만의 소중한 공간이라서.

친구가 아직 남은 커피잔을 싱크대에 갖다 놓고 행거에 걸려 있던 패딩 코트를 걸친다. 신발을 신고 자동차 키를 꺼내 흔들 때까지도 나는 소파에 앉아 있다. 친구가 문을 열고 나가서 문을 붙들고 서 있는 걸 보고 베개를 들고 일어난다.

한기에 눈을 뜬다. 히터가 꺼져 썰렁하다. 분명히 버스를 탈 때는 차창으로 논과 밭이 희미하게 보였는데 지금은 깜깜한 밤이다. 버스를 타자마자 잠든 모양이다. 버스 안에 사람이 한 명도 없다. 버스 노선을 확인한다. 반대 방향으로 가는 버스를 탄

것 같다.

　시외버스는 가로등도 없는 깜깜한 시골길을 내달린다. 차창은 얼룩덜룩한 내 얼굴만 토해 낸다. 감정이 사라진 얼굴은 기괴하다. 얼굴이라고 할 수도 없다. 뿌리부터 들뜬 머리카락은 산발을 하고 언젠가부터 한쪽 쌍꺼풀이 풀려 버린 눈은 외눈처럼 보인다. 기괴한 얼굴은 언젠가 미국 스릴러영화에서 본 시골 마을의 저주받은 인형 같다. 버스는 끝없이 어둠을 향해 달린다. 이 버스가 알 수 없는 시골 마을의 종점에 도착하기 전까지 이곳은 나만의 국경이다. 무릎에 놓여 있던 베개를 세우고 얼굴을 기댄다. 열대의 따스함이 몸을 감싼다.

양의

기호

선유는 언제가 플라워아트 수업을 들은 적이 있다. 그때 강사는 반드시 삼각형 구도의 중심축을 세워야 한다고 강조했다. 그녀는 '반드시'라는 말이 거슬렸다. 반드시라는 말이 '절대'처럼 들렸다. 선유는 자신의 삶이 절대적인 운명을 살아가는 사람들의 박수부대라는 불신이 뿌리 깊게 박혀 있었다.

- 왜 반드시인가요?

선유의 질문에는 반감이 서려 있었다. 안정적인 플라워아트 구도만큼 안정적인 삶을 살아가는 수강생을 상대해 온 강사는 갑작스러운 질문에 더듬더듬 대답했다.

- 그게 원칙이니까요.

스스로 바보 같은 대답을 했다고 생각한 강사는 교본에서 찾아낸 멋진 대답을 준비하고 다음 시간을 벼렸을 테지만 영영 만회할 기회를 놓쳐 버렸다. 그녀가 더 이상 수업에 나가지 않았기 때문이다.

강사는 억울하게 생각했을지 모르지만 결과적으로 그 대답은 엉뚱한 곳에서 꽃을 틔웠다. 선유는 해득되지 않는 질문에 부딪칠 때면 '원칙이니까'를 붙여 보는 습관이 생겼다. 그가 떠났을 때도 그랬다. 〈토니 타키타니〉를 침대에 나란히 누워 볼 때만 해도 그런 사태가 일어나리라고는 예상하지 못했다. 엔딩 크레딧이 올라가고 그가 리모컨으로 전원을 끄면서 물었다.

– 만약 우리가 헤어지면 같이 영화 볼 남자 구하는 거 아냐?

끔찍하게 사랑했던 옷 쇼핑 중독자인 아내가 7백여 벌의 옷을 남겨 두고 교통사고로 죽자 주인공이 아내의 옷을 대신 입어 줄 직원을 구한다는 내용에 빗대서 한 말이었다. 그때 선유는 무선포트의 전원을 켜고 케이크의 딱딱해진 겉면을 조심스럽게 자르고 있었다. 며칠 전 함께 축하했던 그의 생일 케이크는 케이크의 본질인 부드럽고 촉촉한 것과는 상당히 멀어져 있었다. 선유는 가능한 한 손실분을 줄이기 위해 잘 안 드는 식칼에 집중하고 있었다. 톱니가 달린 빵칼을 꼭 구입하리라 다짐하면서도 번번이 잊어 버리는 자신을 한심해 하며 대답했다.

– 나는 주인공처럼 부자가 아닌걸.

창 없는 방의 월세를 내기도 빠듯한데 함께 영화를 봐 준다는 조건으로 월급을 지급할 수 있는 형편은 아닌 것이다. 여유가 있다면 그런 남자를 구한다는 뜻은 절대 아니었다.

– 넌 항상 아니라고는 안 하더라. 지난번에도 바람 피면 안 된다고 했더니 나를 누가 좋아하겠냐고 했잖아.

선유는 칼질을 멈추고 그를 돌아보았다.

– 맞아. 그랬어. 그게 그 말이지. 그럴 상황이 안 돼서 안 하는 거나, 하기 싫어서 안 하는 거나 결과는 같잖아.

– 그럴 상황이 되면 한다는 건데 그게 어떻게 같아? 넌 항상 그런 식이더라.

그는 그렇게 규정짓고 떠났다. 무선포트의 물은 혼자 끓은 뒤 혼자 조용히 식었다. 케이크의 딱딱한 절단면도 공들여 자를 필요가 없어졌다. 그녀는 이 케이크는 이럴 운명이었다고 생각하며 버렸다.

선유는 그에게 몇 차례 문자를 보내려다 지우고, 몇 차례 메일을 쓰다가 휴지통에 버렸다. 평소에 SNS를 안 하는 그였기에 어디에서도 그의 흔적을 찾지 못했다. 그의 권유로 구입한 홈시어터의 12개월 할부금만이 그의 존재를 깨닫게 해 주었다. 그와의 이별을 원칙으로 받아들이자 슬프지는 않았다. 그녀는 무선포트처럼 조용히 끓었다가 조용히 식었다.

다행히 선유에게는 화수분 같은 회사 일이 기다리고 있었다. 깨끗이 비웠는데도 출근해 보면 하룻밤 사이에 해야 할 일이 찰랑찰랑 넘쳐 있었다. 이 기획사는 '하이에나'라 부르는 영업 사원들이 따온 일감의 절반을 리베이트로 지급하는 덕분에 회사 규모는 작아도 일이 끊긴 적은 없었다. 하이에나가 어디선가 물어 오는 하청을 되는대로 맡다 보니 그녀가 손보는 책들은 계통이 없었다. 《한국의 단청》,《사랑을 해야 안 늙는다》,《우리 아이 하버드 보내는 법》세 권이 동시에 걸려 있었다.

'단청의 무늬 체계는 건물의 부위와 장식 구성에 따라 머리초와 별지화로 나눌 수 있다'는 문장을 들여다보다가 '최근 연구 결과 사랑이 우울증을 완화시켜 주는 효과가 있음이 밝혀졌다'라는 글을 읽다 보면 뇌가 헷갈려 했다. 출근하자마자 정신없이 단청과 사랑과 하버드를 왔다 갔다 하다가 문득 그를 떠올렸다. 가볍게 입술만 갖다 대던 키스라든지, 새것 그대로인 커플 머그컵(그는 자신의 생일에도 그녀의 선물을 같이 챙겼다), 스프를 절반만 넣고 고춧가루를 첨가해 시원하면서도 얼큰했던 라면이 떠올랐다. 그를 사랑한 게 아니라 그의 습관을 사랑했나 싶을 정도로 그 자체보다 그와 함께했던 시간이 그리웠다. 하지만 그를 기다리지는 않았다. 외로움보다 기다림이 더 힘들었다.

－하이에나가 물어 온 거야.

하버드를 간신히 시한에 맞춰 넘기고 숨도 고르기 전에 편집장이 새 파일을 넘겨주었다. 소설가가 의뢰한 원고라고 했다.

－10년 전쯤 유명하지 않은 문예지로 등단한 소설가인데 이후로 말랐나 봐. 어차피 찍어 봤자 몇 권 팔리지도 않을 책을 500만 원이나 들여 왜 내나 몰라.

－냄비 받침으로 쓰려나 보죠.

누군가의 말에 웃음이 터졌다.

선유가 모두 퇴근한 사무실에서 모니터 불빛에 의지해 윤의 단편소설을 읽기 시작한 건 편집장의 '말랐다'는 말이 섬뜩해서였다. 어차피 편집을 하면서 읽긴 할 거지만 편집자가 아닌 한 명의 독자로서 읽어 주고 싶었다. 소설을 한 편씩 읽을수록 공통점이 발견되었다. 편편이 전부 잘나가는 소설가의 어떤 소설과 닮아 있었다. 독특한 형식으로 주목을 받는 젊은 작가 K, 현실에 대한 우화를 내밀한 문장으로 표현해 폭넓은 독자층을 확보한 P, AI가 인간을 지배하는 500년 후의 미래를 다루면서도 따뜻한 시선을 잃지 않는 SF작가 C, 습작생들 사이에서 필사의 대모로 추앙받는 O에 이르기까지 작가만의 일관된 색깔이 없이 알록달록했다.

원고 마지막에 적혀 있던 윤의 블로그 주소를 따서 검색창에 붙여 넣은 건 설마 이것까지 누구를 흉내 낸 건 아니겠지 하는 숨은그림찾기의 연장이었다. 주소를 붙여 넣고 무심하게 엔터 키를 눌렀는데 블로그의 메인 화면이 뜨는 순간 선유는 꼼짝할 수 없었다. 드넓은 초원에서 양 떼가 비를 맞고 유유자적 풀을 뜯고 있는 사진이었다. 끝없이 펼쳐진 초록의 낮은 언덕에 운무인 듯 뿌옇게 서린 작은 빗방울 사이로 하얀 양 떼가 점점이 흩뿌려져 있었고, 구불구불한 털이 비에 젖어 그 동물 특유의 울음소리가 아련하게 들리는 것 같았다. 선유는 몸을 뒤로 젖히고 오랫동안 그 화면을 들여다보았다. 어두운 사무실에서 풀밭이 야광봉처럼 번졌다. 자신 또한 그들과 무리에 섞여 비를 맞으며 풀을 뜯고 있는 묘한 기분에 휩싸였다. 소설에서는 잘 보이지 않던 그의 정체성이 블로그에서는 독특하게 발휘되고 있었다. 화면보호가 작동되고 사무실에 어둠이 가득 찬 뒤에야 선유는 컴퓨터를 끄고 자리에서 일어났다.

밖에는 비가 내리고 있었다. 시계를 보니 자정이 가까운 시간이었다. 퇴근할 때 누군가 "어, 비가 오네" 하는 말을 들은 것 같기도 했다. 책상 서랍에는 비상용으로 3단 접이 우산이 들어 있었지만 다시 사무실로 올라가기는 귀찮았다. 선유는 뛰기 시작했다. 뛸 때마다 빗물이 신발 뒤꿈치를 치고 튕겨 청바지를 적셨다. 저만치 지하철역이 입을 벌리고 있었다. 막차 시간이 임박했는데도 수많은 사람들이 비를 맞으며 묵묵히 지하철 입구를 향해 걸어갔다. 그 모습이 양 떼처럼 보였다. 하나, 둘 거대한 입속으로 사라질 때 선유도 다른 양과 함께 입속으로 천천히 빨려 들어갔다.

집에 들어서자마자 욕조에 물을 틀어 놓고 옷을 벗기 시작했다. 지하철역에서 집까지 뛰는 사이에 옷이 몽땅 젖었다. 곧 알몸이 되었다. 이 방은 사무실에 달린 창고를 개조해서 세를 놓은 것이라 아주 싸게 얻었다. 대신 창이 없다. 방 모양이 찌그러진 이등변삼각형이고 가운데에 이 건물을 받쳐 주는 기둥이 있는 것만 빼면 그런대로 쓸 만했다. 세모꼴이기 때문에 어떤 인테리어를 해도 전위적인 감각으로 오해를 받았다. 예를 들어 침대를 벽에 붙일 수 없어 방 가운데 배치했는데 독창적이라고 해석하는 식이다. 좋은 점은 창이 없기 때문에 지금처럼 옷을 함부로 벗는 일도 가능하다.

비에 젖어 한기가 든 몸은 소름이 돋았다. 선유는 빨리 따뜻한 물속으로 들어가고 싶었지만 욕조 물은 원할 때는 더디게 받아지고 원하지 않을 때는 쉽게 넘쳤다. 아직 발목 높이였지만 그녀는 성급하게 뛰어들었다. 욕조 뒤에 받쳐 놓은 수건에 머리를 기대고 눈을 감았다. 물이 발끝부터 차오르면서 점차 몸이 뜨거워졌다. 정신이 몽롱해질 즈음 양 떼가 비를 맞으면서 풀을 뜯는 사진이 재현되었다. 초원은 초록의 싱그러움에도 불구하고 비 때문에 처연해 보였고 양의 하얀 이미지는 상처받고 있는 것처럼 느껴졌다. 그리고 어떤 연관성도 없는, 어렸을 때 수영 강습을 받던 장면이 겹쳐 떠올랐다.

초등학교 4학년쯤이었을 것이다. 열 명 이상의 또래 친구들이 등에 판을 매고 바글바글 떠서 수영 강습을 받았다. 음파, 음파, 고개를 돌려 숨을 들이켤 때면 "손을 무릎에 스치라고 했지!"라는 수영 코치의 고함이 물속에서 멍멍하게 들렸다. 선유는 팔을 무릎에 스치고 싶지 않았다. 저항하는 물을 거스르는 건 힘이 배가 들었다. 초를 다투는 수영 선수가 될 것도 아닌데 굳이 원칙을 따를 필요는 없었다. "팔을 안 스칠 권리 정도는 내게 있어요." 이렇게 소리치고 싶었지만 그 정도로 용기가 있지는 않았다.

일주일이 지나자 묵묵히 강사의 지시를 따른 친구들보다 선유의 실력이 확연히 느렸다. 수영 강사는 선유만 옆 레인에서 홀로 연습하도록 지시했다. 친구들은 강사가 10분 정도 일찍 끝내 주면 편을 갈라 수중 피구를 했다. 선유한테는 단 1초도 허비하지 않겠다는 듯이 자꾸 시계를 들여다보다가 칼같이 정각에 끝내 주었다.

빛이 스미는 동안

한 팔 한 팔 뻗어서 수영장 밑바닥에 그려진 T 자가 끝나는 지점에서, 벽을 차고 턴해서 제자리로 돌아와 한숨 돌리는 사이 수중 피구를 하는 친구들을 구경했다. 그때 무척 외롭다는 생각을 했다. 혼자라는 것, 앞으로 맞이할 세상에서 혼자서 끊임없이 팔을 저어야 할지 모른다는 불안감이었다. 그때의 불길한 예감은 맞아떨어졌다. 선유는 늘 혼자였다. 소녀 가장 노릇을 하느라 배우고 싶었던 피아노를 배우지 못한 엄마는 없는 생활비를 쪼개 교과목은 물론 수영과 피아노, 심지어 볼링까지 과외를 시켰다. 외딸을 팔방미인으로 만들고 싶었던 엄마의 노력에도 불구하고 그녀는 비효율적이고 비능률적인 사람이 되었다. 엄마가 얼마나 힘들게 벌어 자신을 위해 투자하는지 알기에 더 괴로웠다. 팔을 무릎에 스쳐야 한다는 점을 의식할수록 힘이 들어가 보드 헬퍼를 찼음에도 물속으로 가라앉았다. 대학도 국문학과를 포기할 경우 인서울을 할 수 있었지만 국문과를 고집해서 집에서 왕복 네 시간 가까이 걸리는 대학을 다녔다. 직장도 출판사를 고집한 결과 기획 출판사에 들어갔다.

효율과 능력을 중시하는 엄마는 그녀의 비효율적이고 비능률적인 태도에 자리보전을 하고 누워 있다가 효율적인 결정을 내렸다. 독립하거라. 대신 많은 돈을 줄 수는 없다. 빌린 돈은 매월 이자까지 붙여서 갚아라. 그 돈으로 선유는 창 없는 방을 얻었다. 이사를 하던 날 엄마는 방 한가운데를 받치고 있는 콘크리트 기둥을 보더니 두 팔을 번쩍 들었다. 남들이 보면 좋아 만세라도 부르는 줄 알겠지만 엄마가 가장 화가 날 때 취하는 포즈였다. "아이고, 내가 몬 산다. 이럴 줄 알았어. 이 기둥은 국 끓여 먹으라고 있는 거냐?" 엄마가 빌려 준 돈으로 반지하가 아닌 집을 얻은 게 얼마나 효율이 높은 선택인지 모르는 듯했다.

손가락이 쪼글쪼글해질 때까지 발도 뻗지 못하는 좁은 욕조에서 수영장과 양떼목장의 환영에 잠겨 있었다. 그러다가 이마에 땀이 맺히고 다리에 힘이 풀린 뒤에야 밖으로 나왔다. 한기가 사라진 땀구멍마다 양털이 피어나는 것 같았다. 그 구멍에서 솟아나는 하얗고 따뜻한 털을 비누 거품과 함께 오래도록 어루만졌다.

\\\\

– 선유 씨, 자긴 어떤 사람이야?

편집장은 유독 선유에게만 어떤 사람이냐고 물었다. 그 말이 선유의 정체성이 궁금해서가 아니라 비난하기 위해서라는 걸 모르지 않았지만 그때마다 자신이 어떤 사람인지 골똘히 생각해 보게 되었다.

빛이 스미는 동안

－어제 현관문 따고 나가다가 2층 컴퓨터 사장님한테 걸렸다며?

－그분이 2층 사장님이었어요?

－여태 그것도 몰랐어? 자기 머릿속에 뭐가 들어 있는지 뜯어보고 싶다. 정말.

등단하자마자 말라 버린 소설가의 소설을 읽고 양 떼를 보느라 자정이 가까운 시간에 아래층으로 내려오니 현관 유리문이 잠겨 있었다. 3층짜리 작은 구축 건물이어서 경비원이 따로 없었다. 마지막으로 나가는 사람이 현관문을 안에서 잠그고 비상계단 쪽 출입문으로 나간 뒤 밖에서 열쇠로 잠그게 되어 있었다. 디지털 도어록으로 바꾸자는 제안을 건물주에게 몇 번 했지만 한국전쟁을 겪으면서 오로지 믿을 거라곤 금뿐인 노인네한테 숫자를 눌러 문을 연다는 게 설득되지 않았다. 마작 패 같은 나무 표찰이 달린 누런 열쇠만이 그가 믿는 것이었다. 원칙대로 현관을 잠그고 비상계단으로 갔지만 출근할 때 가방을 바꿔 들면서 열쇠를 두고 왔는지 보이지 않았다. 할 수 없이 현관을 따고 나가는데 한 남자가 다가왔다.

－지금 어디로 나오시는 거죠?

계단에서 몇 번 마주친 적이 있는 남자였다. 선유가 현관을 가리켰다.

- 그럼 이 문 지금 안 잠긴 거네요?

남자가 선유를 정면으로 노려보면서 문을 닫았다, 열었다를 반복했다. 그 모습이 위협적으로 보였다.

- 지난번 우리 사무실에 도둑 들어와서 다 도난당한 거 모르세요? 저희 소프트웨어 개발하는 회사인 거 모르세요? 그거 다 도난당하면 저희 회사 망하는 거 모르세요?

'아세요'라고 대꾸하고 싶은 유혹을 참으며 다음부터는 주의하겠다고 정중하게 사과했다. 남자는 대꾸도 않고 들어가더니 안에서 문을 잠가 버렸다. 그녀가 빗속을 뛰어가다 잠시 돌아보았을 때 그가 비상계단에서 담배를 피며 그녀를 노려보고 있었다.

- 지난번에도 문을 안 잠근 게 우리 아니냐면서 그때 도둑맞은 거까지 우리한테 뒤집어씌우잖아. 그러게 같이 퇴근하자고 몇 번을 말해. 혼자 일 다 하는 거처럼 퇴근 시간 하나 딱딱 못 맞추고 말이야.

편집장이 '딱딱'이라는 말을 하면서 자신의 손을 부딪쳐 '챱챱' 소리를 냈다. 지난달에도 현관문을 따고 나간 사람이 자신이었던 거 같기도 하고 아닌 거 같기도 했다. 이제부터 홀로 사무실에 남아 있을 수 없다. 교정교열을 주로 보는 선유는 다른 직원과 스케줄을 일치시키기가 쉽지 않았다. 특히 책이 나오기 전 일주일은 글자들이 하나둘 허공을 맴돌며 그녀를 압박했다. 음절과 문장이 몰려다니며 아버지가 가방에 들어가기도 하고 공장장이 간장공장에서 콩간장을 만들기도 했다. 모두 퇴근한 사무실에서 일을 하는 것과 집에서 혼자 일을 하는 게 무슨 차이가 있겠냐고 하겠지만 낮의 분주함과 떠들썩함 속에서는 위축되다가 텅 빈 사무실에서만이 오롯이 모든 사물에 집중할 수 있었다. 두세 번을 읽어도 찾아내지 못했던 오타를 건져 낼 때의 희열은 러너스하이와도 비견될 수 있는 쾌감이었다. 책이 다 만들어지고 나서 오타를 발견할 때면 보통 책 한 권에 몇 개의 오타는 날 수 있다는 위로에도 그녀는 엄청난 자책에 휩싸였다. 그런 불쾌에 빠지느니 차라리 사무실에서 밤을 새는 게 편했다.

"자, 이제 퇴근합시다." 편집장이 찹찹 손뼉을 쳤다. 일사불란하게 다들 자리에서 일어났다. 편집장이 차를 빼 와 지하철역까지 태워 준다고 했지만 차에는 이미 다섯 명이나 들어차 있었다. 항상 퇴근을 함께해 온 그들은 완벽한 빅맥 세트 같았다. 그들이 끼어 앉으라고 간격을 당겼지만 햄버거 세트에 잘못 주문한 꼬마 같은 신세가 되고 싶지 않아 선유는 정중히 거절했다.

그녀는 집에 돌아와 침대에 지친 몸을 뉘였다. 밤새 오탈자를 잡아내는 것보다 인간관계가 왜 이리 힘든지 이유를 알 수 없었다. 왜 그들처럼 같은 박자로 살아갈 수 없는 걸까. 사람들은 몸속에 메트로놈을 내장하고 있는 듯 웃을 때도, 울 때도, 긍정할 때도, 부정할 때도 한마음 한목소리로 한 치의 오차도 없이 딱딱 잘 들어맞았다. 자신은 메트로놈 결핍자임에 틀림없다. 언젠가 다큐에서 새의 뇌에 내비게이션이 들어 있어서 길을 잃지 않는다는 내용을 본 적이 있다. 새들 중에도 분명 홀로 길을 잃고 고립되는 내비게이션 결핍조가 존재할 것이다. 혼자 수영 강습을 받을 때처럼, "팔을 무릎에 스치라고 했지!"라고 울리는 고함을 들으며 열심히 팔을 저었지만, 즐겁게 모여 수중 피구를 하던 친구들과의 사이에는 넘을 수 없는 견고한 레인이 설치된 것처럼 느껴졌다.

무리로 이동하는 양 떼는 비를 맞으면서도 동요하거나 매미처럼 소란스럽지 않았다. 양 떼를 본다면 외로움이 조금은 가실 것 같아 윤의 블로그로 들어갔다. 자료실에는 그녀를 먹먹하게 만들었던 비 맞는 양 사진 외에도 양의 얼굴 전면을 클로즈업한 사진이 여럿 업로드되어 있었다. 사람으로 치면 화난 표정처럼 보였다. 실제로 양이 화나면 그런 표정을 짓는지는 모르지만 '나, 화를 간신히 참고 있어', 얼굴 전체로 말하고 있는 듯했다. 윤을 만나고 싶었다.

\\\\

윤은 겨울에는 제설을 하고 여름에는 장마에 대비해 빗물받이 위의 쓰레기를 치우는 일을 한다고 했다. 처음에는 아르바이트로 시작했는데 지금은 특별한 기술이 없어도 인내심만 있으면 되는 일치고는 일당이 괜찮아서 생업이 되었다고 했다.

– 제설을 사람이 일일이 하는 줄 몰랐어요. 제설차가 하는 거 아니었어요?

– 저는 차가 들어갈 수 없는 좁은 골목 위주로 해요. 제설제를 봉지에 담은 뒤 골목을 걸어 다니면서 뿌리는 거죠.

그는 더 이상 소설이 써지지 않아 괴롭다고 했다. 하다못해 대필 작가라도 하고 싶어 여러 곳에 명함을 돌렸지만 다 허탕을 쳤다고 했다.

– 작가들이 유명한 작가가 되고 나서 이런 말을 하잖아요. "저는 대필 작가를 꽤 오래 했어요. 내 소설을 너무 쓰고 싶었어요." 이런 푸념이요. 하지만 그것도 이름 있는 매체로 등단을 해야 되더라고요. 글을 쓴 작가의 이름이 걸리지 않는 대필마저도 이름 있는 사람을 원한다는 게 아이러니해요. 그래서 처음이자 마지막으로 책이라도 내야 후회를 안 할 거 같아서 의뢰한 거예요. 제 소설 읽어 보니 어때요?

- 제가 소설을 엄청 많이 읽어 본 건 아니지만요, 자신만의 색깔 같은 게 있으면 좋을 거 같아요.

차마 K, P, C, O 작가들을 흉내 낸 거 아니냐고 물어볼 수는 없었다. 말하고 보니 충고가 되어 버렸다. 누군가에게 충고하는 인간을 이해할 수 없었는데 상대방을 위한다는 명분으로 나 또한 충고를 하고 있었다.

- 무슨 말인지 알 거 같아요. 잘 버릴 수 있어야 좋은 소설가가 된다고 하는데 저는 그렇게 못한 거 같아요. 어떤 에피소드가 마음에 들어 빼지 않다 보니 소설 전체를 망치는 식이죠. 언젠가 들었던 말이 생각나요. 10년 정도 걸려 있었던 두 쪽짜리 커튼이 있어요. 한쪽 커튼이 얼룩지고 낡아서 새로운 걸로 갈려고 하는데 나머지 한쪽이 너무 멀쩡한 거예요. 결국 멀쩡한 커튼과 비슷한 디자인의 새 커튼을 사는 거예요. 짝짝이가 되는 거죠. 이상하지 않아요?

- 그게 왜 이상해요? 저라도 그렇게 했을 거 같은데요. 멀쩡한 커튼을 버리긴 아깝잖아요.

- 선유 씨도 저랑 비슷한 계열의 사람 같네요. 많은 사람이 다 버리고 새로운 커튼으로 맞춘대요.

- 작가님 블로그에서 양 떼 사진을 봤어요. 사실은 그 사진 때문에 작가님을 뵙고 싶었어요. 거기가 어디예요?

– 호주 양떼목장이래요. 대관령에도 양떼목장이 있다고 하던데…….

– 우리 다음에 같이 가 볼래요?

– 네?

일반적으로 상대방에 대한 기억을 많이 가지고 있는 쪽이 관계를 낙관적으로 여긴다고 한다. 타인의 기억은 고려하지 않고 자신의 기억에만 의존하기 때문이다. 선유는 그의 소설을 읽었고 그의 블로그에서 양 떼 사진을 보면서 감정이입을 했다. 그녀만이 둘 사이의 관계를 낙관적으로 여기고 같이 여행을 가자는 부담스러운 제안을 한 것이다. 어색한 침묵이 흐를 즈음 윤이 말했다.

– 세 가지 조건이 맞아야겠네요. 비가 와야 하고, 양이 비를 맞아야 하고, 우리 둘이 시간이 맞아야 하죠.

\\\\

선유는 윤의 책을 빨리 만들어 주고 싶었다. 집으로 일감을 가져와 밤새 교정교열을 본 덕분에 일정보다 빨리 인쇄소에 넘겼다. 책이 나오던 날 갑자기 편집장이 회식을 하자고 했다. 편집장은 자신이 약속이 없거나 취소된 날 갑자기 회식을 잡는 경우가 많았다. 선유는 그와 선약이 되어 있어서 엄마 환갑잔치를 핑계로 댔다. 앞으로 몇 년 더 있어야 환갑이 되는 엄마에게는 미안한 일이지만 윤과의 조촐한 축하 파티를 깰 수는 없었다. 혼자 퇴근하는 선유의 뒤통수에 대고 편집장이 "자기 책이 나왔는데 이런 날은 떡이라도 돌려야 하는 거 아니냐"고, "어쩜 인사도 없고 염치가 없냐"고 윤을 욕했다.

선유는 윤을 만나 막 나온 따끈한 책을 전달했다. 그는 기뻐하지도 속상해하지도 않았다. 첫 장을 펼치더니 화난 양 얼굴 같은 프로필 사진을 들여다보았다. 목차를 훑어보고 자신이 가장 마음에 드는 소설이라며 손가락으로 가리켰다. 제설을 한 어느 겨울날과 장마 직전 빗물받이 위에 쌓인 쓰레기를 치운 어느 여름날, 버스를 타고 종점에서 종점으로 이동하면서 떠오르는 상념을 묘사해 나간 소설이었다. 선유도 이 소설이 다른 소설보다는 작가만의 스타일이 잘 드러난 편이라고 생각했지만 제임스 조이스로 대표되는 의식의 흐름 기법을 따른 소설이라는 느낌을 떨치기 어려웠다.

그날 밤 선유는 윤의 집에 갔다. 3층짜리 다가구주택의 철문에서 왼쪽으로 돌아가면 그의 집이었다. 작은 새시 문 앞에는 기획사의 로고가 박힌 수십 개의 상자가 쌓여 있었다. 회사에서는 세 권만 빼고 전부 그의 집으로 배송했다. 출판사가 아니고 기획사이기 때문에 팔리지도 않을 책을 끌어안고 있을 이유가 없었다. 남은 책을 보관하려면 창고를 빌리는 비용이 만만치 않게 들어가기 때문에 원래 그렇게 했다. 책 상자를 치우지 않고서는 방에 들어갈 수 없었다. 선유는 난감했지만 그는 담담했다. 상자를 모두 한쪽으로 옮긴 뒤 문을 열고 다시 상자를 방 안으로 옮겼다. 그의 방은 선유의 방보다 작았지만 네모반듯한 모양이어서 귀퉁이에 상자를 쌓아 두기에 무리가 없었다.

이후 둘은 가끔 만나서 밥도 먹고 영화도 보았다. 그의 집에서 잘 때도, 선유의 집에서 잘 때도 있었다. 식사는 대부분 그가 준비했다. 달걀찜, 달걀탕, 달걀장조림, 달걀말이. 주로 달걀을 이용한 음식이었다.

– 왜 달걀이야?

선유가 물은 적이 있다.

– 달걀처럼 응용 요리가 많으면서 쉬운 것도 드물어. 영양가도 높잖아. 게다가 노란색과 흰색이 얼마나 예뻐. 한 재료에 환상적인 두 가지 색깔을 가지고 있는 건 기적이야.

이후 선유도 달걀 광팬이 되었다.

시간이 지나면서 둘은 잔잔해졌다. 설렘은 줄었지만 친밀함은 증가했다. 쾌감보다는 누군가와 함께 있다는 안온함이 그녀의 체온을 높여 주었다. 혼자 수영 강습을 받는 것처럼 조용했

다. 한 팔 한 팔 힘차게 저어 가서 벽을 탁, 치고 물거품을 일으
킨 후 턴해서 제자리로 되돌아오는 날들이었지만 독강습을 받
을 때처럼 외롭지는 않았다. 윤 또한 선유의 옆 레인에서 나란
히 수영을 했다.

몇 달이 지나 선유가 같이 사는 게 어떻겠느냐고 윤에게 제
안했다. 그도 좋다고 했다. 누구의 집에서 살 것인지 약간의 견
해 차이가 있었다. 그녀는 창 없는 방을 포기하고 싶지 않았지
만 그는 집을 옮기면 불면증이 생긴다고 했다. 이 집에 적응해
서 새벽에 안 깨고 잘 수 있게 된 게 얼마 안 됐는데 또 옮기면
힘들 것이라고 했다. 선유가 그의 집으로 가기로 했다. 잠을 못
자는 것보다 큰일은 없다. 선유는 홈시어터와 벤자민 화분을 가
지고 그의 집으로 갔다. 주변에는 당분간 알리지 않기로 했다.
엄마에게도 말하지 않았다. 방값의 이자까지 챙기는 엄마는 자
존심 때문에 선유가 출근한 뒤 몰래 집에 들르니 굳이 밝힐 필
요는 없었다.

\\\\

여름과 겨울은 생각보다 빨리 바뀌었다. 일기예보는 비 소
식보다 눈 소식이 더 정확했다. 눈이 오기 30분 전에 제설을 하

라는 연락을 받았는데 정말 30분 후에 눈이 왔다. 그렇게 연락을 받으면 그는 모든 일을 팽개치고 뛰어갔다. 제설차가 들어갈 수 없는 곳이라 좁고, 경사지고, 노인들이 많이 사는 곳이기 때문이었다. 윤은 검정 봉지에 제설제를 가득 들고 작업용 장갑을 낀 채 좁은 골목을 오르내리며 뿌렸다. 선유가 대로변에 있는 적재함에서 덜어서 갖다주기도 했다. 일이 끝나면 카페에서 선유는 따뜻한 레몬차를, 그는 아이스 아메리카노를 마셨다. 춥지 않냐고 물으면 그는 너무 빠르게 걸었더니 덥다고 했다. 땅만 보고 눈을 치우다 보면 자신도 치워지고 있는 것 같다는 말도 했다.

그해 겨울에 몇 가지 사건이 있었다. 부츠를 가지러 집에 간 날, 화장대 거울에 립스틱으로 '미친년'이라고 쓰여 있었다. 두 팔을 번쩍 들고 포즈를 취했을 엄마를 떠올렸다. 이 한 마디로 엄마는 하고 싶은 말을 모두 전달함과 동시에 딸의 사생활을 간섭하지 않는 자존심도 지켜 냈다. 부츠와 패딩을 들고 나오면서 부동산에 들러 집을 빼달라고 했다. 며칠 후 집 보증금을 엄마 통장에 입금시켰다. 선유는 진짜 독립을 했다.

또 하나는 목구멍이 간질거려서 병원에 간 일이었다. 과로를 해서 감기 기운이 있나 싶어 약을 먹었지만 좋아지지 않았다. 꿀물을 먹어도, 토해도, 누워도, 앉아도 소용이 없었다. 불면의 밤을 보내고 이비인후과로 달려갔다. 의사가 작은 내시경으로 목구멍을 살펴보더니 핀셋으로 무언가를 끄집어냈다.

─ 좀 어떠십니까? 이제 시원하십니까?

의사는 핀셋을 선유의 눈앞에 바짝 갖다 댔다.

─ 동물의 털인 거 같습니다. 어떤 동물인지는 더 조사를 해 봐야겠지만요.

─ 털이 왜 제 목구멍에 걸린 거죠?

─ 그건 저도 모르죠. 혹시 동물원을 갔거나 반려동물을 키우시나요?

─ 안 갔어요. 동물도 안 키우고요.

─ 아마 공기 중에 떠 있던 털이 어떤 경로를 거쳐 입으로 들어간 거 같습니다. 요즘 환경공해는 끔찍하니까요.

병원에서 회사로 곧장 출근하니 편집장이 직원 교육을 하고 있었다. 틈새시장을 언급하며 대형 출판사와 달리 직접 소비자를 대면하는 우리는 소명 의식이 필요하다고 강조했다. 눈에 띄지 않기 위해 조용히 의자에 앉는 선유와 편집장의 눈이 마주쳤다.

─ 선유 씨, 교열 보는 거 좀 신경 써야겠더라. '60세 이후 행복하게 살려면 젊은이에게 존경을 기대하기보다는 스스로를 존경하는 게 더 빠르다.' 이 문장보다는 '60세 이후의 행복을 위해서는 노인에 대한 존경을 젊은이들에게 기대하기 이전에 스

스로를 존경하는 게 빠르다'가 낫지 않아?

그 문장은 번역가가 번역해 놓은 것을 선유가 손본 문장이었다.

– 요즘은 너무 지나치게 의역하지 않아도 돼. 오히려 번역 투가 고급지다고 여기는 독자들도 많거든. 너무 의역하면 뺀들뺀들한 차돌처럼 싸 보여.

다른 직원들처럼 선유도 고개를 *끄덕*였지만 수긍해서 *끄덕*인 건 아니었다. 수긍은커녕 말 같지도 않은 소리 그만하라고 외치고 싶었다. 이건 분명 보복성 질책이었다. 바로 전날이었다. 선유가 1차 교정을 본 원고를 편집장이 재검한 뒤 '일사불란'을 빨간 펜으로 긋고 '일사분란'이라고 체크해 놓았다. 선유가 최종 교정을 보는 거라면 그냥 넘어가려고 했는데 편집장의 교정이 한 번 더 남아 있었다. 지금 넘어가면 그때 또 지적을 받을 것이었다.

– 편집장님, 이거 일사불란이 맞습니다.

선유가 최대한 작은 소리로 소곤거렸다. 직원들 앞에서 망신 주고 싶지 않았다.

– 사자성어는 꼭 사전 찾아보라고 했잖아. 우리가 흔히 막 쓰는 사자성어가 틀리는 경우가 많다니까. 이래서 안 뽑으려고 했는데, 목숨 바쳐 열심히 하겠다고 해서······.

－편집장님, 이거 일사불란이 맞습니다. 아닐 불, 어지러울 란이에요.

선유가 이번에는 큰소리로 편집장의 말을 가로막았다. 속이 시원했다. 편집장은 그때 당했던 수치를 직원들 보란 듯이 보복하고 있었다.

이 회사에서 얼마나 버틸 수 있을까. 2년이 조금 안 됐다. 경력직으로 이직하기에는 애매한 기간이다. 신입으로 새로 들어가자니 지금까지 고생한 과정을 되풀이할 수는 없었다. 나이도 많다. 아무한테도 얘기한 적이 없지만 선유는 대학을 졸업하고 공무원 시험 준비를 하는 내내 소설 습작을 했다. 소설을 쓰고 싶어서 국문과를 갔지만 소설이 선유처럼 감정이 오르락내리락하는 사람이 쓸 수 있는 분야가 아니라는 걸, 강철 엉덩이로 끈기 있게 버티는 자만이 해낼 수 있다는 걸 깨닫고 포기했다. 공무원 시험 준비를 하면서 마지막 기회라는 욕심이 생겼다. 자고, 먹고, 싸는 시간을 빼고 책상에 앉아 K, P, C, O의 소설을 필사하고 매일 두 권의 책을 읽으며 창작에 매달렸지만 고등학생 때 좋아했던 친구에게 보낸 편지보다 형편없는 글이 생산되었다. 플라워아트처럼 원칙이 있다면 얼마나 좋을까. 소설 이론서에 있는 소설의 3요소는 전혀 도움이 되지 않았다. 결국 3년을 허비하고 이 회사에 취직했다. 엄마에게는 공무원 시험이 맞지 않아 그만두겠다고 결연하게 말했다.

월세도 내야 하고 내 집 마련을 위해 붓고 있는 10년짜리 만기 적금도 8년이나 남았다. 가짜 메트로놈이라도 장착해서 살아남고 싶었다. 선유는 충동적으로 얼마 전에 이사를 했는데 집들이를 하겠다고, 여러분을 초대하겠다고 외쳤다. 편집장과 직원들이 무슨 엉뚱한 소리냐는 듯 표정이 좋지 않았다. 그럴수록 선유는 꼭 이 일을 성사시키고 싶었다. 여러분들이 좋아하는 술안주와 아껴 모은 와인과 양주를 여러분을 위해 따겠다고 흥분해서 소리쳤다. 처음에는 시큰둥하던 편집장이 알았다는 표정으로 어깨를 으쓱했다. 직원들이 박수를 쳤다.

치즈카나페와 오징어도라지초무침, 모듬회, 갈비 그리고 그에게 전수받은 달걀찜을 하기로 했다. 갈비는 대형마트에서 파는 양념된 갈비를 샀다. 달걀찜은 그에게 배운 비법대로 물 조절에 신경을 썼다. 물이 많으면 죽이 되고 너무 적으면 단단해진다. 윤은 성공적인 집들이를 위해 맥도날드에 있어 주겠다고 했다.

약속 시간이 되어 온라인 중고 마켓에서 구입한 교자상 위에 음식을 깔았다. 냉장고에서 시원한 맥주를 꺼내고 얼음이 가득 담긴 바스켓에 와인을 꽂아 놓았다. 식으면 허연 소기름이 뜨는 찜갈비만 약불로 맞춘 가스레인지 위에 올려놓았다. 약속 시간에서 10분이 지났지만 아무도 오지 않았다. 단톡방도 수시로 들어가 봤지만 아무도 집들이에 대해 언급하지 않았다. 예전에도 한 직원이 결혼할 때 우리끼리 따로 단톡방을 파서 축의금과 선물을 의논한 적이 있었다. 그들도 집들이 선물을 위해 따로 단톡방을 파서 이야기를 나누고 있을지 몰랐다.

30분이 지났다. 갈비찜은 국물이 졸아서 일단 불을 껐다. 달걀찜은 꺼져서 누런 스펀지처럼 보였다. 초무침은 접시 주변으로 벌건 국물이 분리돼 새로 무쳐 예쁘게 담았다. 한 시간이 지났다. 밀폐된 방에서는 초무침에서 흘러나온 식초 냄새와 갈비 끓인 냄새가 뒤섞여 역겨웠다. 그들이 오지 않을 거라는 사실이 명확해졌다. 단톡방에 '집들이 왜 안 오시냐'는 말을 올려 확인하고 싶었지만 '무슨 집들이냐'는 반응이 나올 거 같아 두려웠다. 편집장이 어깨를 으쓱하던 장면이며, 친하지도 않은 직원들이 열렬히 박수를 치던 장면이 꿈처럼 아득했다. 주말로 날을 잡으면 민폐라 평일 저녁으로 날을 잡았다. 음식 준비를 위해 오전 근무만 마치고 퇴근하는 선유에게 아무도 저녁에 보자는 말을 하지 않은 것도 이상했다. 선유는 있지도 않은 메트로놈 흉내를 내며 심장을 짓찧어 가짜 음률에 맞추려고 했던 노력이 부질없게 느껴졌다.

갑자기 허기가 졌다. 산에 부식돼 탄력을 잃은 오징어 몸통과 다리를 손으로 집어 고개를 한껏 뒤로 젖히고 입에 집어넣었다. 점심도 못 먹고 음식을 준비하느라 비어 있던 위가 제대로 씹지 않은 오징어를 꿈틀거리며 받아들였다. 갈비를 양손으로 붙들고 뜯어먹었다. 테두리가 회색으로 변하기 시작한 연어 세 장에 양파와 케이퍼를 듬뿍 올리고 입에 쑤셔 넣었다. 물컹한 살과 맵싸한 양파를 삼켰다. 중고 마켓에서 사서 귀퉁이가 깨진 교자상을 덮기 위해 깐 하얀 원지는 흘린 붉은 고춧물과 엉긴 핏물로 얼룩졌다.

상 위의 음식을 모조리 흡입하니 갑자기 힘이 넘쳤다. 설거지를 하고 청소를 했는데도 남은 힘을 주체할 수 없었다. 그때 방구석에 몇 달째 처박혀 있는 박스에 눈길이 갔다. 이제까지 4백 96권의 책이 숨도 못 쉬고 케이블 타이에 묶인 채 봉인되어 있었다. 케이블 타이를 자르고 박스를 열었다. 투탕카멘의 무덤을 열었을 때처럼 흰 연기 같은 게 솟아났다. 어쩌면 여기에서 흘러나온 펄프 오라기들이 공기를 떠돌다 그녀의 목에 걸렸는지도 몰랐다.

선유는 책들이 숨을 쉴 수 있도록 4백96권을 모조리 꺼냈지만 좁은 방에 펼쳐 둘 수는 없었다. 유튜브를 켜고 '책 쌓기'를 검색했다. 삶의 현명한 원칙들이 유튜브에 다 나와 있었다. 수십 개의 매뉴얼 중 벽면을 지지대 삼아 벽돌을 쌓듯이 지그재

그로 쌓는 방법을 택했다. 자신의 몸 절반을 다른 책에 내주고 자신 또한 다른 책의 절반을 누르고 있다. 조직의 룰이기도 했다. 선유는 이걸 체득하지 못해서 인간관계가 힘들었다는 생각이 들었다.

책들이 천장 가까이 안정적으로 쌓이자 책등의 글자가 물결무늬를 만들었다. 최근 유행하는 북 인테리어를 한 것처럼 세련돼 보였다. 마지막 책을 들고 천장 가까이 책을 올리기 위해 위태롭게 까치발을 들었는데 뒤에서 윤의 외침이 들렸다. "선유야, 움직이지 마. 위험해!" 그녀는 무엇이 위험하다는 것인지 알 수 없었다. 조립 못이 헐거워 주의를 기울여야 했던 의자가 위험하다는 것인지, 쌓여 있는 책 더미가 위험하다는 것인지 알 수 없었다. 하지만 그녀는 멈추고 싶지 않았다.

쇼

윈

도

　남자의 혀는 유난히 길고 뾰족하다. 선홍색의 표면에는 돌기가 고르게 퍼져 있다. 눈높이에 수직으로 세워져 있는 핀은 천장에서 쏟아지는 할로겐 불빛을 밀어낸다. 할로겐 조명은 손 그림자를 없애기 위해서 대낮에도 필수적이다. 여자가 왼손으로 남자의 혀를 잡고 오른손으로는 알코올을 묻힌 솜으로 피어싱할 부위를 닦는다. 비위가 상했는지 남자의 목젖이 울컥 넘어온다. 입가로는 침이 흘러내린다. 침은 느리지만 귀를 향하고 있다. 귀는 이미 솜으로 막아 놓았다. 남자가 가득 고인 침을 삼킬 때마다 여자의 손에 잡힌 혀는 빠져나가려고 꿈틀거린다. 여자는 엄지손가락에 지그시 힘을 준다. 이렇게 하지 않으면 남자의 혀는 순식간에 손가락 사이로 빠져나갈 것이다.

핀으로 혀끝을 뜬다. 머뭇거리지 않는다. 단번에 해치운다면 피부조직과 혈관도 눈감아 줄 것이다. 핀 끝은 사포로 문지른 것처럼 뭉툭하다. 그래서 통증이 배가 된다. 사람들은 날카로운 것을 경계하지만 그렇지 않아 위험한 경우도 많다. 핀으로 피부를 찌르는 것과 옷감을 찌르는 것은 다르다. 피부는 생각보다 구멍이 작게 나고, 옷감은 땀이 의외로 크다. 그래서 피부의 경우에는 '좀 더 굵은 핀을 사용할걸' 하고 후회하게 된다. 여자가 짤막하지만 통통한 핀을 사용하는 이유이다.

핀의 꽁무니가 정확히 혀의 표면과 일치할 시점에 홀익스팬더를 꼽는다. 남자는 참지 못하고 신음을 내지른다. 홀익스팬더는 문자 그대로 구멍을 넓히는 도구이다. 피어싱의 시작은 지금부터라고 할 수 있다. 총알 모양의 홀익스팬더는 힘을 줄 때마다 핀이 지나갔던 좁은 구멍을 파고들면서 조금씩 넓게 벌려 준다. 핀의 구멍으로 시작한 것이 홀익스팬더의 둘레만큼 넓어지는 것이다.

남자의 신음은 비명으로 바뀐다. 입을 벌리고 혀를 내맡긴 상태에서의 비명은 처절하게 들린다. 남자는 45도로 눕게 되어 있는 시술대의 팔걸이를 잡아 뜯고, 두 다리로는 바닥을 버틴다. "금세 끝날 거예요." 여자의 말에 남자는 비명을 지르는 와중에도 눈을 깜박인다.

빛이 스미는 동안

입술에 피어싱을 하는 사람의 대부분은 피어싱이 끝난 뒤에도 말이 어눌해진다. 입술이나 혀가 시술하는 동안 타인에게 붙들려 있었고, 그 결과로 이물질이 매달리게 되었다는 사실이 자신도 모르게 혀를 무력하게 만드는 것이다. 의외로 관성은 일상에 깊이 뿌리를 내리고 있다.

남자의 비명이 점점 고조된다. 여자는 침착하다. 남자의 비명에 아무런 반응도 보이지 않는다. 침착하지 않으면 나중에 골치 아픈 일이 발생할 수도 있다. 오늘처럼 혀나 배꼽 같은 곳일 경우에는 특히 인내심을 가지고 집중해야 한다. 피가 나거나 심하게는 신경을 건드려서 얼굴에 마비가 온다면 문제가 복잡해질 수 있다. 더군다나 이 손님은 미성년자이다. 맞은편 햄버거 가게에서 아르바이트를 하는 고등학생이다. 어제 예약을 하러 왔을 때였다. "학주한테 걸리면 어쩌려고요?" 여자가 묻자 "선생님 앞에서는 입 다물고 있으면 돼요. 오히려 귀나 코를 뚫는 게 바로 걸려요"라고 했다.

아이들은 참을성이 없다. 스무 살이 되면 성인이라는 이름표를 달고 무엇이든 할 수 있는데도 그걸 참지 못한다. 그런 점에서 여자는 다르다. 참을성에 있어서라면 어려서부터 훈련이 잘되어 있다. '훈련'이라는 단어가 오랜 시간을 두고 연마의 과정을 거치는 의미를 가지고 있다면 정확하지 않을지도 모르겠다.

여자에게 참을성은 부모님이 돌아가시고 삼촌네서 살면서 덮치듯이 왔기 때문이다. 이상한 것은 삼촌은 물론 숙모와 사촌들 모두 부모를 잃은 여자를 가엾게 여겨 친절하게 대해 주었는데도 여자는 그 집에서 사는 내내 주눅 들어 살았다. 참을성은 그 꺾인 목덜미 위로 뙤약볕처럼 덮쳤다. 날이 갈수록 몸 안에는 칼금 같은 미세한 금이 생겨났고 여자는 그 금 안으로 점점 숨어들었다.

삼촌네 식구와 냉면집에 갔을 때였다. 다른 식구는 모두 비빔냉면을 시켰다. 보통이라면 사촌들의 추세를 따랐을 여자는 예전에 엄마가 만들어 주던 시원한 육수 맛이 그리워서 한참을 망설이다가 "물냉면"이라고 조그맣게 말했다. 채썰기한 새파란 오이와 편육이 얹혀 있는 먹음직스러운 물냉면이 앞에 놓였다. 여자가 한 젓가락 양껏 집어 입에 넣는 순간 울컥, 치밀어 올랐다. 젓가락을 놓고 그 손으로 입을 막고 있는 여자에게 식구들의 시선이 쏠렸다. 여자는 자신이 그림자 이상의 양감을 가진 것이 송구스러워 입안 가득 든 냉면을 삼키지도, 뱉지도 못하고 고개를 숙였다. "겨자 덩어리를 먹은 모양이구먼. 괜찮아. 남기지 말고 다 먹어." 삼촌은 모든 예절은 식탁에서 나온다는 신념을 가지고 있어서 식사 시간을 엄하게 단속하는 분이었다. 하지만 긴장하면서 식사를 하는 사람은 여자뿐이었다. 사촌들은 음

빛이 스미는 동안

식을 입에 물고 얘기하거나 부주의해서 밥알을 흘렸고, 밥그릇을 싱크대에 넣지 않았으며, 먹을 게 없다고 까탈을 부렸다. 여자는 귀를 울리는 '겨자'라는 단어를 되새김질하며 맵고, 시고, 이상한 맛이 나는 냉면을 모두 삼키고 마지막에 물로 입을 헹구었다. 다행히 울컥하거나 토하지는 않았지만 잠자리에 누웠을 때, 석탄을 가득 실은 화물열차가 밤새 가슴을 철컥이며 달려가 한숨도 자지 못했다. 어른이 된 후에도 겨자 냄새를 맡으면 가슴에 쇳덩이가 얹힌 듯 답답했다.

피어싱 숍 문을 두드리는 소리가 들린다. 여대생으로 보인다. 이 가게는 여대 정문에서 첫 골목에 있고 좌대에는 피어싱뿐 아니라 목걸이 같은 액세서리가 진열되어 있어 대부분이 여성 손님이다. 계속 문을 두드린다. 여자는 당황한다. 유리문에는 분명히 '오픈'이라고 적힌 나무 팻말이 걸려 있다. 여자가 보는 쪽에서 오픈이라면 길에서 볼 때는 '클로즈드'가 된다. 손님들은 클로즈드 판을 보면 돌아섰다. 지금처럼 끈질기게 기웃거리는 경우는 없었다. 작업을 할 때 항상 문을 잠그고 클로즈드판을 건다. 걸리는 시간은 길어야 10분이지만 여자에게는 충분히 긴 시간이다. 태양에 달구어진 모래밭을 맨발로 걷는 기분으로 그 시간을 흘린다. 한 발이 모래 바닥에 닿기 전에 다른 한 발을 내딛고, 다른 발이 닿기 전에 처음의 한 발을 내딛는 기분. 어느 발도 땅에 닿지 않고 허공에서 허우적거리며 떠 있는 불안감으로 그 시간을 견뎠다. 피어싱을 시작한 지 5년이 넘었지만 처음 귓불에 홀익스팬더를 꽂았을 때의, 물속에서 부력에 의해 떠오르는 것처럼 피부 반대편에서 압력으로 밀쳐 오는 힘을 지금도 생생하게 기억하고 있다.

여대생은 아예 양손으로 시야를 가리고 가게 안을 들여다본다. 여자가 홀익스팬더를 밀어 넣을 때마다 여대생의 시선도 그만큼 따라온다. 여자는 불편하다. 시술이 잠시 중단된다. 남자는 신음을 멈추고 의혹의 눈빛을 보낸다. 손님들은 의심이 많다. 자신의 몸에 깊은 상처를 내려고 온 사람들치고는 소심한 편이다.

여자는 여대생을 향해 고개를 저어 보인다. 두 손이 남자에게 붙들려 있어서 사용할 수 있는 신체 부위는 머리뿐이다. 그제야 여대생은 알겠다는 듯이 돌아선다. 하지만 완전히 돌아간 게 아니다. 쇼윈도 쪽으로 자리를 옮긴다. 제대로 구경하려는 의도이다. 출입문 쪽에서는 여자의 등에 가려 시술 장면이 잘 보이지 않지만 세 걸음 옆의 쇼윈도에서라면 남자의 표정까지 구경할 수 있는 좋은 각도이다. 쇼윈도 쪽으로 이동한 여대생의 시선이 홀익스팬더를 쥐고 있는 여자의 손에 머문다. 홀익스팬

빛이 스미는 동안

더를 든 여자의 손이 떨리기 시작한다. 차츰 눈에 띌 정도로 심하게 흔들린다. 쇼윈도를 통해 자신을 들여다보고 있는 여대생의 검은 눈망울을 보는 순간 여자는 한 마리의 닭이 되는 기분이다. 뜨거운 물에 살짝 데쳐져 털이 다 뽑힌 기분.

가볍게 떨리는 여자의 홀익스팬더 금속 표면에 한 아이의 얼굴이 새겨진다. 여자는 온몸의 전원을 내리고 커다란 눈동자만 백열등처럼 켜지는 아이를 조용히 바라본다. 시골 재래시장에 자리 잡은 닭 가게에는 작은 방이 딸려 있었다. 두 사람이 엇갈려 누우면 딱 맞을 그 방의 미닫이문에는 색종이 크기의 쪽유리가 붙어 있었다. 아버지가 손님과 흥정하러 나가면 아이는 좋아하는 만화를 보다가도 손자국으로 더러워진 쪽유리에 눈을 바짝 붙이고 숨소리도 죽여 가며 가게 풍경을 내다보았다. 누릿한 비린내가 밴 가게 안은 장롱 속처럼 깊었다.

아버지는 닭의 양 날개와 목을 한 손에 비틀어 쥐고 다른 한 손으로 칼을 들었다. 날카로운 칼은 닭 목 깊숙이 꽂혔다. 용수철저울에 발목을 걸고 거꾸로 매달렸을 때부터 좋지 않은 조짐을 감지했던 닭은 목에 칼을 꽂은 채 지금 무슨 일이 벌어지고 있는지 골똘히 생각하는 표정으로 갈색 눈동자를 굴렸다. 오히려 목에서 칼이 뽑힌 뒤에야 닭은 부리를 들썩이며 고통에 찬 비명을 질러 댔다. 아버지는 발등으로 피가 떨어질까 봐 엉덩이를 뒤로 뺀 채 닭을 들통에 집어넣었다. 들통에서 뿜어져 나오는 뜨거운 김 속으로 닭의 비명이 사라지고 나면 아버지는 닭을 나무 방망이로 뒤적였다. 간혹 숨이 제대로 끊어지지 않아 뜨거운 물을 튕기며 날갯짓을 할 때도 있었다. 그럴 때면 아버지는 성가신 듯 마른 어깨에 체중을 실어 두 손으로 들통 뚜껑을 꼭 눌렀다. 뱃속을 다 쏟아 낸 닭이 다리를 벌리고 엎드려 있으면 아버지는 때밀이처럼 자세를 잡고 털을 깨끗이 밀었다. 힘을 적당히 주는 것이 중요하다. 너무 힘을 주면 뜨거운 물에 살짝 데쳐진 닭의 껍질이 벗겨질 수도 있고, 힘이 약하면 털이 제대로 밀리지 않는다. 마지막으로 꽁지와 날갯죽지에 깊숙이 박힌 털의 심지를 빼내고 맑은 물로 헹군 뒤 비닐봉지에 담아 손님에게 공손히 건넸다. 보석상 주인이 손님에게 예물 반지를 건넬 때와 다르지 않은 정중함이다. 하지만 손님에게는 한 끼 분량의 냄새나는 닭일 뿐이다. 손님들은 아버지의 물 묻은 손을 요령껏 피해 돈을 건네고 닭이 든 봉지를 낚아채 갔다.

손님이 가고 나면 아이는 쪽유리에서 덤덤히 시선을 거두고 만화 주제곡을 흥얼거리는 평범한 아이로 돌아갔다. 닭이 죽어 가는 표정은 지루할 정도로 일정했지만 학교가 끝나면 조바심을 치며 가게로 달려가곤 했다. 가끔 아버지가 배달을 나가면 손님들이 싫어하는 피 묻은 달걀을 한쪽에 치워 놓거나 친구에게 어렵게 빌린 동화책을 읽었다. 아버지처럼 한 손으로 달걀을 세 개씩 집어 올릴 수 있게 되었을 즈음 아버지는 가게에 나오지 말라고 했다. 가슴이 제법 부풀고 하얀 양말 위로 돋아나기 시작한 다리의 털이 신경 쓰이던 나이였다.

여자가 중학교를 다니고 있을 때 아버지는 1년가량 지병으로 고생하다가 돌아가셨다. 하지만 여자는 닭을 잡던 날렵한 칼로 당신의 목을 땄을 거라는 환영에 시달렸다. 목에 칼을 꽂은 채 무슨 일이 있는지 골똘히 눈을 굴리는 아버지의 환영은 여자의 꿈을 어지럽혔다.

쪽유리창을 통해 본 세상은 닭 봉지를 건네는 사람과 낚아채 가는 사람 두 종류였다. 여자는 쇼윈도 밖의 세상에 눈을 떼지 않았지만 그들은 여자를 곁눈질조차 하지 않았다. 시간은 사람들의 물결처럼 흘러갔다. 닭 봉지를 낚아채 들고서. 한 끼 분량의 닭을 산 것에 만족해하며 뒤도 돌아보지 않고 가 버렸다.

여자는 여대생의 시선이 왜 불편했는지 그리고 집중력을 높이기 위해서라는 핑계를 대면서까지 왜 피어싱 숍 문을 닫고 시술했는지 깨닫는다. 쇼윈도를 통해 구경하는 일은 어린아이 때부터의 습관이었다. 기억은 하루하루 깊이를 더해 갔나 보다. 피어싱만이 알지 못하는 표피의 반대편을 향해 날카롭게 뻗어 있었다. 그곳의 세상은 여자를 설레게 했지만 반대로 누군가 쇼윈도를 통해 자신을 들여다볼 거라는 걸 예상치 못했다. 행인들은 무슨 재미있는 구경거리가 있는지 여대생을 따라 쇼윈도 안을 기웃거리는 사람과 죽어 가는 닭의 표정으로 묵묵히 제 갈 길을 가는 사람 두 종류이다.

여대생의 시선을 무시하기로 마음을 다잡는다. 작업을 여기서 중단할 수는 없다. 엄지와 검지에 다시 힘을 준다. 홀익스팬더는 움직이지 않고 멈춘 것 같지만 천천히 밀려들어 가는 중이다. 눈에 띄지 않을 정도로 조금씩 밀어 넣는 것이 더 많은 힘을 요구한다. 이 경우에도 인내심이 요긴하게 쓰인다. 종이처럼 쉽게 구멍이 나지 않는 피부의 성질이 인간의 생존 조건에는 유리하겠지만 피어싱을 할 때만큼은 그런 성질 때문에 고도의 집중력이 필요하다. 아무리 천천히 밀어 넣어도 피부가 넓어지는 순간에 대부분의 고객은 비명을 지른다. 라이터 불꽃에 살을 대고 있는 것 같은 통증이라고 말한다. 드물게 어떤 사람은 이 과정에서 쾌감을 느낀다고 한다. 처음에는 고통으로 시작하지만 그 고통이 절정에 이르는 순간에 플래시가 터지는 것처럼 짧은 쾌감이 훑고 지나간다는 것이다. 고통과 쾌감은 필름의 양면과 같은 모양이라고 상상할 뿐이지 여자는 이해할 수 없다. 피부를 넓혀 본 경험은 물론이고 귀를 뚫리는 경험조차 해 본 적이 없다. 귓불은 귀를 뚫는 총이 지나간 흔적 없이 매끄럽다.

귀뿐만 아니라 자궁도 깨끗하다. 그가 아이를 원치 않았다. "우리 집은 대낮에도 왜 그렇게 어두웠을까. 집이라는 게 원래 그렇게 어두운 곳인 줄 알았어. 잡지 인터뷰 사진을 찍으러 갔을 때 깜짝 놀랐지. 부드러운 태양빛이 거실의 사물을 비추고 있는 거야." 그가 언젠가 들려준 이야기였다. 여자에게나, 그에게나 칼금 가지 않은 온전한 아이로 키울 자신이 없었다. 둘 사이에 유일하게 소통되는 부분이었다.

그와 함께 살았던 몇 달과 그가 떠난 뒤의 몇 달, 그 어느 날도 그가 처음 피어싱 숍 문을 밀고 들어서던 모습처럼 실감나게 기억되지는 않는다.

— 행위를 수집하거든요.

그가 명함을 건네며 한 말이었다. 명함에는 '포토 에세이 작가'라고 인쇄되어 있었다. 여자는 그 명함을 보고 파도치는 바닷가 풍경을 떠올렸다. 그가 말한 행위 수집과 바닷가 풍경 사진과는 아무런 연관이 없어 보였다. 그래서 혼란스러웠다. 그의 한쪽 어깨를 파고든 가방 무게 때문에 앞으로 당겨진 셔츠의 해진 깃을 보며 잡상인이라고 여긴 끝이라 더 그랬다.

— 행위를…… 수집한다고요?

여자는 자신이 잘못 들었든지, 그가 잘못 말했든지 둘 중 하나라고 단정하고 되물었다.

　─행위 중인 손만을 찍거든요. 피어싱 작업하는 장면을 카메라에 담고 싶어서 지나다가 들렀습니다.

　여자는 망설였다. 이제까지 시술하는 것을 누구에게도 보여준 적이 없었다. 클로즈드 판까지 내걸고 시술해 왔다. 여자가 망설이는 동안에도 그의 어깨에는 무거운 가방이 걸려 있었다.

　─플래시 없이 두 장만이에요. 손님이 도중에 비명을 지를 수도 있으니까 놀라지 말고요.

　그의 어깨를 잠시라도 쉬게 해 주고 싶었다.

　며칠 후, 여자는 그의 집에서 벽에 나란히 걸려 있는 손 사진을 보았다. 꽁초를 줍는 노인의 손, 콧잔등의 파리를 쫓는 걸인의 손, 손목까지 밀가루 범벅이 된 반죽하는 손. 손에 그렇게 여러 표정과 모양이 있다는 것이 신기했다. 그중 밀가루 반죽을 하는 사진만 여러 장이었다.

　─누구예요?

　─남동생이에요. 자폐적인 성향이 있었는데 복지관에서 빵 굽는 것을 배운 뒤로 많이 좋아졌어요.

　마지막에 피어싱하는 여자의 손이 걸려 있었다.

　─행위가 이렇게 정적인 경우는 당신 손이 처음이었어요.

　파란 힘줄이 불거진 마른 손등에 티타늄 튜브의 차가운 빛이 가로지르는 사진이었다. 남자 손처럼 거칠었다. 아버지의 손 같았다. 닭 목에 칼을 꽂던 손. 그는 여자에게 그의 남동생을 남겨놓고 떠났다. 남동생은 여자와 함께 살면서 단 한 번도 눈을 맞추지 않았다. 여자는 그런 남동생 곁을 떠나지 못하는 자신을 이해할 수 없었다.

남자의 눈은 다시 고통의 빛으로 바뀌고 입에서는 신음이 새어 나온다. 신음은 오래 버티지 못하고 비명으로 바뀐다. 이미 통증의 강도를 경험한 남자는 어느쯤에서 소리를 질러야 할지 알고 있다. 여자의 허벅지께가 아릿하다. 남자가 고통 때문에 여자의 허벅지를 세게 누르고 있다. 내버려둔다. 아파서 시술을 중단할 정도는 아니다. 홀익스팬더의 가장 두꺼운 부위가 통과하고 있다. 남자에게 5밀리미터는 무리였다. 초보자들이 선호하는 두께는 3밀리미터이다. 피어싱을 했다는 자부심을 줄 수 있으면서도 통증에 대한 공포를 누그러뜨릴 수 있는 두께이다. 남자는 처음인데도 호기롭게 5밀리미터를 골랐다. 참을성이 부족할수록 그걸 가리기 위한 만용은 커질 수밖에 없다. 지금 남자는 후회하고 있을 것이다. 피부를 넓힐 때의 2밀리미터는 마라톤에서의 2킬로미터보다 길다. 하지만 피어싱의 두께는 가파르게 상승할 것이다. 이 남자라면 10밀리미터에 이르기까지 1년이 채 걸리지 않을 것이다. 중독이라는 것은 좋은 쪽이든 나쁜 쪽이든 가파른 상승을 요구한다.

전화벨이 울린다. 여자도, 손님도 멈칫한다. 소리의 다툼이 맹렬하다. 여자는 전화벨이 두려움을 줄 수 있다는 사실을 비로소 이해한다. 경험이 가장 빠른 이해의 길이다. 그의 남동생은 전화벨 소리를 두려워했다. 반죽을 하다가도 전화벨이 울리면 당황한 표정을 지으며 식탁 아래로 숨고는 했다. 스위치를 넣어야 작동되는 것이 아니라 아무 때나 소리가 울린다는 것을 이해하지 못했다. 쌍방 의사소통을 원칙으로 하는 전화기의 특성상 자폐는 치명적인 결함이다.

벨소리가 멈추고 응답기가 돌아간다. "여기 복지관이에요. 동생분이 오븐에 손을 데었어요. 심하진 않아요. 바셀린 거즈를 붙여 놓았으니 곧 가라앉을 거예요." 남동생이 마음까지 화상을 입은 건 아닌지 걱정스럽다. 유일하게 마음을 풀어 놓는 밀가루 반죽마저 데일지 모른다는 공포 때문에 거부한다면 남동생이 거처할 곳은 없다. 그가 카메라 렌즈를 통해 세상과 대화하듯이, 여자가 피어싱의 구멍을 통해 다른 세상을 꿈꾸듯이, 베이킹파우더를 넣고 부풀어 오른 반죽 덩어리에 남동생이 소통하는 세상이 있었다. 그만큼의 의사소통마저 막히면 자신의 몸에 금을 내고 더 깊이 숨어 버릴 것이다.

빛이 스미는 동안

지난달에는 찻주전자에 손을 데었다. 그 시각에 여자는 꿈속을 헤매고 있었다. 무슨 꿈이었는지는 기억나지 않는다. 동물의 울부짖음 소리에 눈을 떠 보니 거실에는 주전자의 플라스틱 손잡이가 뭉그러지면서 뿜어낸 유독가스와 재즈의 선율이 뒤엉켜 떠다니고 있었다. 여자의 잠이 덜 깬 몽롱한 시선 사이로 누렇게 얼룩진 거실 벽과 낡은 거실장이 서서히 다가왔다가 멀어졌다. 여자는 찻물을 올려놓고 깜박 잠이 들었다. 남동생은 싱크대 앞에서 새까맣게 탄 주전자를 들여다보며 울고 있었다. 손바닥은 데어서 벌겋게 부풀어 올랐고, 팔뚝에는 밀가루 반죽이 덕지덕지 묻어 있었다. 뜨거움이 상처가 된다는 사실도 깨닫지 못하고 순간적으로 주전자를 집어 들었을 것이다.

여자는 수도꼭지 아래로 남동생의 손을 끌어당겼다. 차가운 냉기에 몸을 떨면서도 손을 빼지는 않았다. 냉장고 채소 칸에서 말라빠진 감자를 찾아내 갈아서 상처에 얹고 붕대로 동여맸다. 여자가 손에 묻은 감자즙을 닦기 위해 얼굴을 들었을 때 여자를 들여다보고 있던 남동생의 시선이 급하게 다시 형광등 불빛 위로 흩어졌다. 여자는 남동생이 자신을 보고 있었다는 사실을 믿을 수 없었다. 모아졌던 눈빛을 또 보고 싶었다. 붕대를 감지 않은 남동생의 다른 손을 붙들고 거실 한가운데로 이끌었다. 남동생의 어깨에 두 손을 올리고 재즈의 리듬에 맞춰 몸을 천천히 흔들었다. 아아아…… 남동생은 불협한 소리를 질렀지만 다시 여자와 눈을 맞추지 않았다.

실내 온도가 꽤 높다. 남자가 내지르는 비명과 알코올 냄새와 히터의 열기가 뒤범벅이 돼서 갑갑하다. 천장에서는 할로겐 빛이 흘러내리고 있다. 벽에 걸린 액세서리들이 조명을 받아 빛을 반사한다. 그 빛은 조명보다 화려하지만 열기가 없는 탓에 시들해 보인다. 반면 남자의 혀에 매달린 바벨은 차갑지만 힘이 있다. 조명에 반사된 빛과는 달리 스스로 차가운 빛을 발한다. 이 피어싱은 바(bar)의 앞뒤에 콩알만 한 구슬이 달려 있다. 헬스장에서 흔히 볼 수 있는 바벨을 축소시킨 모양이라고 해서 '바벨'이라는 별명을 얻었다. 인디언 추장의 깃털 장식이 부의 욕망을 대변한 것이라면 이 바벨은 특정 일원으로서의 자격을 줄 것이다. 누구로부터 침범당하지 않는, 자신의 영역을 확보하고 그 안에서 소통되는 자격을 획득하는 것이다.

이제 거의 다 왔다. 홀익스팬더는 꽁무니를 보이고 있고, 바벨은 당당하게 혀의 한 면을 차지하고 있다. 마라톤으로 치면 코스를 다 뛰고 스타디움에 막 진입한 것과 같다. 관중의 환호 속에 경기장을 몇 바퀴 돈 뒤에 승리의 테이프를 끊으면 된다. 그런데 이상하다. 산뜻한 기분이 아니다. 문득 쇼윈도 밖의 여대생을 떠올리고 돌아본다. 쇼윈도 너머로 사람들이 빼곡히 들어차 있다. 호기심 어린 눈빛으로 구경한다. 사람들의 새까만 머리통은 바글바글 끓어오르는 것을 연상시킨다. 환포비아가 있는 여자는 공포스럽다. 그 여름날의 무더위처럼 온몸에는 땀이 흐른다. 여자는 목을 조이고 있던 폴라를 잡아당긴다. 남자의 끈적한 침이 옷에 옮는다. 여자는 피어싱의 마지막 한 걸음을 앞두고 휘청 넘어진다. 남자가 비명을 지르면서 급하게 몸을 일으킨다. 혀에서 피가 흐른다.

무더운 여름이었다. 몇십 년 만에 처음 찾아온 더위라고 뉴스에서 떠들었다. 여러 가구가 모여 사는 집 마당에서는 새벽까지 물을 끼얹는 소리가 끊이지 않았다. 아이는 가 본 적 없는 바다의 파도 소리를 떠올리며 몇 번인가를 깨었다가 다시 잠이 들었다.

아침 일찍 닭 가게에서 아버지가 엄마를 불렀다. "도시락 챙겨서 학교 가거라." 엄마가 투덜대며 대문을 나섰다. 엄마가 등교 시간 전에 불려 나갔다면 가게에 무슨 일이 생긴 것이다. 아이는 학교 가는 길에 닭 가게에 들렀다. 등을 보이고 선 아버지는 때를 미는 자세로 닭 털을 밀고 있었다. 눈에 익은 풍경이었다. 단체 주문을 받은 것일 수도 있다. 이상이 없어 보였다. 그런데 무언가 보통 때와는 다른 분위기였다. 책가방을 두 손에 모아 쥐고 서성였다. 그것이 무엇이라고 딱 잘라 말할 수 없는 것이 안타까웠다. 곧 알아차렸다. 소리가 없었다. 죽은 닭들은 소리를 낼 수가 없었다. 소리가 없는 가게 안은 서늘했다. 가게를 지탱하는 것이 닭의 누린내라고 생각했는데 닭들의 골골거리는 소리였나 보다.

아버지가 전날 밤, 환풍기 스위치를 켜는 것을 잊고 가게 문을 잠가서 닭들이 더위에 쪄 죽었다. 간신히 살아남은 장닭 몇 마리만 붉은 벼슬을 세운 채 다리를 가슴에 품고 엎드려 있었다. 닭들은 더위에 숨을 헐떡이며 지금 무슨 일이 있는지 골똘히 생각하는 표정으로 눈을 굴리며 죽어 갔을 것이다. "학교 안 가고 뭐 하는 거여? 구경났냐?" 엄마가 닭장에서 죽은 닭 두 마리를 꺼내며 말했다. 털 뽑힌 닭들이 다리를 치켜세운 채 빨간 고무 대야에 쌓여 갔다. 아버지는 엄마가 닭을 데치는 동안 담배를 피워 물었다. "담배 좀 나가서 태우셔." 엄마가 나무 방망이로 닭을 뒤적이며 인상을 찌푸렸다.

엄마가 들통에서 뜨거운 김을 제치고 닭을 집어 올렸다. 거꾸로 들린 닭은 물을 뚝뚝 흘리며 싱크대로 끌려갔다. 뚜릿뚜릿 굴리던 닭의 갈색 눈동자가 박혀 있어야 할 자리는 휑하니 비어 있었다. 아이는 고개를 저었다. 잘못 본 것일 거야. 들통 안을 들여다보았다. 뿌연 김 사이로 작은 구슬들이 떠다니고 있었다. 뜨거운 열기가 가운데서 치밀어 오르면 구슬들은 가장자리로 밀려났다. 그것은 닭의 눈알이었다. 눈알은 들통 안에서 무슨 일이 일어나고 있는지 골똘히 생각하는 표정으로 뜨거운 물기둥을 피해 이리저리 떠다니고 있었다. 그리고 구슬이 밀려났던 끓는 물의 중심에는 꽃가루처럼 작은 입자들이 피어올랐다. 꽃가루는 가장자리로 밀려났다가 다시 한차례 뜨거운 물기둥에 휩쓸리곤 했다. 구슬과 꽃가루는 끊임없이 돌고 돌았다. 아이는 꽃가루의 정체가 무엇인지 한참을 들여다보았다. 구더기가 변소 속에서만 자라는 것은 아니었다.

여자가 이 집에 처음 올 때부터 놓여 있던 매트의 '웰컴'을 딛고 거실로 들어선다. 남동생은 식탁에 앉아 여자의 기척에도 아랑곳 않고 밀가루가 수북이 담긴 양푼과 붕대가 감긴 자신의 손을 번갈아 들여다보고 있다. 하필 오른손이 데였다. 차마 붕대 감긴 손을 밀가루 속으로 집어넣지 못해 혼란스러워하고 있는 것이다.

남자의 혀끝이 찢겨 피가 흐르던 장면이 여자의 머릿속에서 헝클어진다. 급하게 울리던 앰뷸런스의 사이렌 소리가 어깨를 짓누른다. 벽에 기대서 있던 여자는 바닥으로 흘러내린다. 무릎을 싸안은 어깨가 일정한 간격으로 들썩일 때마다 숨죽인 울음소리가 새어 나온다. 벽에 걸린 사진들이 여자의 울음소리에 맞춰 흔들릴 즈음 남동생이 곁으로 다가온다. 사진의 어느 틈에서 비어져 나온 것처럼 남동생의 손이 천천히 여자에게로 닿는다. 그 손은 여자의 소름 돋은 팔을 잡고 밀가루 반죽을 하듯이 조였다가 풀고, 다시 조인다. 여자는 가팔라지는 악력의 깊이에 맞춰 숨을 내쉬었다 들이쉬길 반복한다. 여자의 가슴은 유연한 손놀림 안에서 빵 반죽처럼 서서히 부푼다. 여자의 목덜미를 감고 있는 남동생의 손바닥에는 주전자에 데인 상처가 딸기즙처럼 고여 있다. 여자가 그곳에 입을 맞춘다. 잘 발효된, 갓 구운 빵 냄새가 난다.

남동생이 두 손을 가슴에 모으고 웅크린 채 소파에서 자고 있다. 처음 본 사람 같다. 지난 몇 달 동안 함께 지냈던 사람이라는 것이 믿어지지 않는다. 꿈에서는 사람들과 눈도 맞추고 놀이동산에도 갈까. 롤러코스터를 타면서 비명도 질러 댈까. 남동생의 뺨을 쓰다듬는다.

여자는 알코올에 담긴 피어싱과 바늘을 꺼내 솜 위에 얹어 둔다. 세 장씩 연속으로 찍히도록 설정된 카메라의 렌즈를 향해 혀를 한껏 내민다. 카메라의 예약을 알리는 빨간 불이 깜빡인다. 여자는 붉은 혀끝을 살짝 잡아당겨 홀익스팬더를 꽂는다.

통증과 함께 플래시가 터진다. 여자는 눈을 감지 않으려고 안간힘을 쓰면서 갈고리 모양의 피어싱을 밀어 넣는다. 홀익스팬더가 뒷걸음질 치는 속도와 똑같이 피어싱은 전진한다. 홀익스팬더가 무리하게 피부를 넓히는 과정에서 혈관이 터질 수 있는데 피어싱이 진입하면서 틀어막는 것이다. 그것이 기술이다. 삶도 마찬가지이다. 상처는 상처로 치유한다. 자기 스스로 상처를 내기도 하고, 스스로 치유하기도 한다.

폭죽은 3초 간격으로 터지고 피어싱하는 손이 찍힌다. "행위가 정적인 경우는 당신이 처음이었어요." 완벽한 구도이다. 남동생은 여전히 소파에서 밀가루 반죽처럼 얌전하게 잠들어 있다.

체

인

어떤 집단이든 그들만의 언어가 있다. 자신의 언어가 의도대로 전달되지 못한다는 것을 깨달을 때마다 정미는 한 걸음씩 뒤로 물러났고, 세상은 그 속도와는 정반대의 빠른 속도로 앞질러 갔다. 대부분의 학생들이 형식적인 의례와 의식에 진절머리를 낼 때 정미는 수줍음 속에서 이것들을 성실히 수행해 냈다. 야간자율학습이나 0교시를 빼먹은 적이 없었다. 그것이 좋은 성적으로 연결되지 않아 대학 진학에는 실패했지만 일률적으로 주어지는 의례와 형식에서 안도감을 느꼈다. 혼란스러운 것은 선택의 기로에 놓였을 때였다. 문과를 지망했던 그녀가 생물, 화학, 물리 중 하나를 선택해서 대학 시험을 치러야 했을 때의 혼란을 생각하면 지금도 식은땀이 흘렀다. 엉뚱한 걸 선택해서 혼자만 손해를 볼 것 같은 불안감은 뭘 선택해도 항상 손해 봤던 불우한 기억이 더해져서 갈팡질팡했다. 결국 제일 많이 선택하는 생물로 결정하고 나서야 안도했다.

결과보다는 과정이 중요하다는 어른들의 격려에 맞춤하는 표본이 바로 정미였다. 그녀가 10대 때 저질렀던 유일한 일탈은 야자 시간에 옥상에 올라가 노을을 바라보는 것이었다. 학교가 낮은 언덕에 있어서 옥상에 올라가면 뻥 뚫린 하늘 아래로 물드는 노을을 막힘없이 볼 수 있었다. 부드러운 오렌지 빛깔에서 잘 익은 토마토 색으로, 해가 꼴딱 넘어간 이후에는 진한 가짓빛의 하늘을 바라보면서 행복감에 빠져들었다.

담임이 불시에 땡땡이치는 애들을 체크해서 혼낼지 모른다는 불안감에 그 순간조차 완벽하게 자유롭지는 못했지만 그런 일은 일어나지 않았다. 공원에서 담배를 피우거나 사복을 입고 클럽을 들락거리는 애들을 단속하는 것만으로도 교사들의 일과는 벅찼다. 서울에 있는 대학에 기껏 서너 명밖에 진학시키지 못하는 지방 변두리 고등학교였다. 형식과 의례를 중시해서 야자와 0교시를 시행했던 것일 뿐 결과에 연연해하지 않은 것은 그녀나 학교나 마찬가지였다.

대학에 떨어지고 사회에 뛰어들어 여러 아르바이트를 하는 동안 10대 때도 안 했던 방황을 겪었다. 어떤 곳에서도 의례와 형식을 지정해 주지 않았다. 과정을 중시하지 않고 결과를 중시하는 상사는 변덕스러웠다. 최선을 다해서 결과물을 내놓지만 상사들은 과정에 들인 그녀의 노고를 무시하고 혀를 차거나 소리를 질렀다. 이들로부터 공통적으로 듣는 말은 '답답하다'였다. 학교 다닐 때 지각, 결석은 물론이고 두발이나 복장 단속조차 걸려 본 적 없이 '성실하고 신뢰할 수 있다'는 평을 받았던 그녀는 답답하다는 조롱과 비난을 받자 어리둥절할 수밖에 없었다. 그럴 때면 행복하고 안정된 마음으로 내려다보던 노을을 떠올렸다. 따뜻한 오렌지에서 점차 붉은 토마토로, 마지막에 가짓빛의 진보라로 변하던 노을이 자신의 분노를 대변하고 있음을 떠올리고 흠칫 놀랐다. 가짓빛 분노가 목과 입천장에 좁쌀만 한 돌기로 우둘투둘 돋아나는 느낌에 숨을 쉴 수 없었다.

정미는 몇 개의 아르바이트를 전전하다가 모두 포기해 버렸다. 엄마의 잔소리와 혀 차는 소리를 피해 도서관에 갔지만 그곳에도 사람들이 바글거렸다. 우연히 도서관의 지하에 있는 외국어 간행물실에 갔다가 그곳에 안착했다. 외국어 전문잡지만 있는 데다가 지하여서 사람들이 얼씬거리지 않았다. 작은 책상이 달랑 하나 놓여 있었는데 읽을 수 없는 언어로 쓰인 잡지를 베개 삼아 엎드려 잠을 잤다. 고요함과 정적 속에서 울리는 유일한 소리는 환풍기 돌아가는 소리였다. 지상과 달리 지하의 습기를 배출하기 위해 성능 좋은 환풍기가 필요했을 것이다.

모터가 고장 난 냉장고의 요란한 소음이나 망망대해를 떠도는 통통배 꿈을 꾸다 깨어나면 검은 수의를 입은 행렬이 내려다보고 있었다. 정미가 태어나기 이전의 연도에 출간된 일본 잡지를 검은 도화지로 싼 것들이었다. 저린 팔보다 장소의 낯설음에 주변을 둘러보며 멍하니 앉아 있었다. 가끔 그곳에 엎드려 울기도 했다. 확신 없는 미래에 대한 불안에서 터져 나온 눈물은 볼을 흘러내려 낡은 책을 적셨다. 아무도 자신의 눈물을 방해하지 않을 거라는 안도감과 감정의 폭발, 이 두 가지가 한 지점에서 만나는 것만으로도 불안은 해소되었다.

정미가 달콤한 눈물의 의식을 지하에서 수행하던 어느 날 그녀의 성소에 한 남자가 내려왔다. 엎드려 자거나 울던 바로 그 책상에서 한 남자가 잡지를 뒤적거리고 있었다. 책상은 하나뿐이어서 정미는 잡지를 둘러보는 척하다가 나올 수밖에 없었다. 며칠 간격을 두고 방문해 보았지만 남자는 심술궂게 그녀의 자리를 차지하고서 무척 중요한 일인 양 잡지를 쌓아 놓고 무언가를 찾고 있었다.

정미는 다시는 그곳에 가지 않았다. 동시에 불면증이 찾아왔다. 책 먼지 냄새와 환풍기 소리가 그리워 뜬눈으로 밤을 새웠다. 장례 행렬 같은 죽음의 그림자는 환풍기에 빨려 없어지고

빛이 스미는 동안

정화된 성소의 이미지로 유혹했다. 잠을 자기 위해 그곳을 방문한 날, 남자는 정미를 기다리고 있었다.

\\\\

　정미는 그 남자와 함께 액세서리 부자재 골목에 체인 가게를 차리면서 안도했다. 이곳에는 느려 터졌다고 밀치거나 답답하다고 무시하는 사람이 없었다. 큰길에서 울리는 급박한 경적 소리도, 지나치게 번쩍이는 생경한 네온사인도, 이곳으로 들어서면 굴절되고 희미하게 바래서 눈을 내리깔거나 두려워할 필요가 없었다. 비로소 정미는 갓길에서 벗어난 삶에 평온하게 녹아들었다.

　겨울에 내린 눈을 오래도록 볼 수 있는 것도 좋았다. 눈이 땅에 닿기 무섭게 녹여 버리는 대로변의 아스팔트와 달리 마른 개천은 눈 자락을 오래도록 품고 있었다. 세상의 모든 사물을 퇴색시키는 신기한 재주를 가지고 있는 이 골목에서 눈만큼은 그대로 생명을 가슴에 품고 지켜 주었다.

　아이는 금세 생겼다. 아이는 자기가 울고 싶을 때는 언제든 깨서 울었다. 정미가 두 평짜리 좁은 가게에서 상인과 흥정을 할 때면 남편은 우는 아이를 업고 골목을 서성였다. 아이가 남편의 등 위에서 잠이 들면 집에 뉘어 놓고 해장국을 먹은 후 동대문 쇼핑몰로 출근했다.

어스름 초저녁에 한 가게에서 삼겹살을 굽기 시작하면 굶주린 짐승들처럼 이 가게, 저 가게에서 사람들이 몰려나왔다. 금세 소주와 막걸리가 끌려 나와 초저녁의 조촐한 잔치가 벌어졌다. 도소매상을 대상으로 새벽 장사를 하느라 일찍 일어나고 일찍 잠드는 그들에게 초저녁의 취기는 약발 좋은 수면제였다. 그 선두에 서는 사람은 그때쯤 퇴근해서 오는 남편이었다. "아직 초저녁인데 한 잔 더 받으세요, 한 잔만요" 하고 권했다. 정작 자신은 취해서 비틀거리지도, 토하지도 않으면서 다른 사람들을 비틀거리게, 토하게, 취하게 만들었다.

그에게는 아주 쉬운 일이었다. 어려서부터 액세서리 가게 점원이었던 그는 손님에게 귀걸이나 목걸이를 걸어 주면서 "당신이 얼마나 빛나는지 보세요", "얼마나 황홀하게 변신했는지 놀랄 준비가 되어 있나요" 따위의 달콤한 찬사를 늘어놓는 데 익숙했다. 자신은 결코 감탄하거나 황홀해하지 않으면서.

아이가 새벽에 깨서 울지 않을 만큼 자라서 등에 업고 새벽 골목을 배회하지 않아도 되었을 때 남편은 급격히 늙어갔다. 집에 와서 내내 잠만 자는데도 왜 늙는지 정미는 이해할 수 없었

빛이 스미는 동안

다. 퇴근하고 온 그는 철제 선반에 진열되어 있는 갖가지 체인을 둘러보며 한숨을 쉬었다. 작게 칸이 나뉘어 있는 선반에는 굵기와 길이가 다른 체인이 진열되어 있었다. 진열장에서 체인을 꺼내면 길게 흘러내리면서 시멘트 바닥에 차르르 떨어졌다. 체인은 부피가 없었다. 말려 있을 때와 달리 공간에서 수직으로 세워졌을 때 자신의 존재를 드러냈다. 사람의 키를 훌쩍 넘기고, 가게를 몇 바퀴 돌리고도 남을 길이로 자신의 존재를 드러냈다.

그러던 어느 날, 남편이 가게 전세금을 빼서 홀연히 사라졌다. 베트남 시장에서 한국인 관광객을 대상으로 장사를 하고 있다는 얘기를 듣고 아이를 예갑에게 맡긴 뒤 한달음에 달려갔다. 베트남은 한 발짝만 걸음을 떼도 땀이 겨드랑이로, 두피로 습하게 차올랐다. 엄지발톱을 세워 발바닥 가득 밴 땀에 미끄러지는 슬리퍼를 차 가면서 낯선 골목을 휘젓고 다녔다. 뒤를 길게 끄는 알아들을 수 없는 말들 사이를 헤치면서 남편과 조금이라도 비슷한 사람이 있으면 달려가 얼굴을 확인했다. 이쪽을 보고 있는 동안 시선의 반대편에서 남편을 지나쳐 버릴까 봐 체머리를 흔드는 노인네처럼 이리저리 머리를 돌려 가며 헤맸다.

결국에는 남편을 찾지 못하고 귀국해야 한다는 절망에 걸음이 느려졌을 때, 어디선가 지독하게 썩는 냄새가 풍겼다. 낮은 처마에 커다란 물체가 매달려 있었다. 머리통이 둥글고 축 처진 모양새가 사람이 매달린 형상과 똑같았다. 곁에는 썩은 내를 맡고 몰려든 파리 떼가 들러붙어 있었다. 정미는 그것이 남편의 시체라도 되는 듯 손을 휘휘 저어 파리 떼를 날려 버리고 확인해 보았다. 주인이 화를 내며 욕하는 낯선 언어를 들으면서 남편 찾기를 포기했다. 한국에 돌아와 남편을 떠올리면 썩은 물고기 냄새가 따라왔다. 까맣게 달라붙은 파리 떼와 함께. 정미는 한동안 물고기들이 나오는 꿈을 꾸었다. 물고기는 그녀가 모르는 언어로 된 노래를 가르쳤다. 정미는 식은땀을 흘리며 열심히 입을 뻐끔거렸다.

\\\\

정미는 아들이 자라 학교에 들어가면서 자신처럼 언어의 의미를 터득하고 친구를 사귀는 데 어려움이 있다는 것을 깨달았을 때 절대적인 절망을 느꼈다. 막연한 절망이 아니었다. 뒤로 물러설 수도, 도서관 지하로 피할 수도 없었다. '더 심한 어려움을 겪는 애들도 많은데, 알림장을 제대로 적어 오지 못하는 정도인데' 같은 위로는 상당히 달콤했지만 단맛이 늘 그렇듯이 허기증을 돋웠다.

— 영훈이가 거짓말을 좀 하나 봐요. 아빠가 사장이라고 하고, 누나와 형이 있다고도 하고.

담임은 마치 자신이 거짓말을 하는 사람인 양 고개를 숙였다. 정미는 단칸방에 널려 있는 싸구려 체인과 체인을 구부리거나 자르는 데 사용하는 기구를 들킨 것처럼 무릎 위에 포개져 있는 손이 떨렸다.

— 영훈이랑 친하게 놀아 줄래?

정미는 담임과 상담을 끝내고 준비해 간 햄버거를 반 아이들에게 나눠 주었다.

— 여기 한 개 모자라요.

맨 뒷줄 남자애가 소리쳤다. 1학년 아이답지 않게 덩치도 크고 얼굴도 성숙해 보였다. 마치 그 애가 주동해서 아들을 따돌리기라도 한 듯 잠시 노려보다가 햄버거를 건넸다.

— 참 씩씩해 보이는구나.

그런 말에 익숙한 듯 아이는 머쓱해하거나 고맙다는 인사도 하지 않고 냉큼 햄버거를 가로채 갔다.

양피염색 공장에서 누런 연기를 토출했다. 푸르스름한 하늘이 연기로 뒤덮였다. 정미는 손을 코에 댔다. 양가죽 냄새인지 햄버거 누린내인지 한참을 큼큼거렸다. 하늘마저 누런 연기로 덮여 있는 것 같았다. 정미는 역겨운 냄새에 비틀거리며 걸었다.

불교용품 가게에서 흰 빛이 새어 나왔다. 그 빛에 끌리듯 가게로 걸어갔다. 참기름 냄새가 고소했다. 예감이 신 열무김치에 밥을 비비고 있었다. 아들은 포마이카 3단 서랍장 위에 포개져 있던 목단꽃 이불을 덮고 잠들어 있었다. 속눈썹이 길고 검었다. 정미는 누린내 밴 손으로 아이의 얼굴을 가만히 쓸었다.

─늦었네. 이제껏 엄마 언제 오냐고 묻더니 방금 잠들었어.

땀으로 헝클어진 머리칼을 쓰다듬는 정미의 손길에도 아이는 꼼짝 않고 잠들어 있다.

─영훈이 선생님이 뭐래?

─영훈이가 좀 늦돼서 애들하고 못 어울린다고요.

─애들이 좀 느린 애도 있고, 빠른 애도 있고 그러는 거지. 가게는 계약했어? 액세서리 센터 다 차기 전에 얼른 한자리 잡아야지. 벌써 프리미엄이 붙었다는데.

─돈이 없어요.

─돈이 없다니 무슨 말이야? 전세 보상금 받았잖아.

─그 사람이 전세금을 다 빼 갔어요.

─그럼 그동안 어떻게 장사를 한 거야? 주인이 봐준 거야?

─월세로 돌려 줘서 간신히……. 보증금에서 밀린 월세를 제하고 나면 한 푼도 남지 않아요.

─아이고, 여기 나랑 똑같은 사람 또 있네. 아직 영훈이도 어

빛이 스미는 동안

리고, 딴 재주라도 있어?

　－죽기야 하겠어요. 할머니는 어떡하실 건데요?

　－아는 이가 부산에 사는데 자기 쌍둥이 손녀 봐 달라고 해
서 붙박이로 들어가기로 했어. 나야 홀몸인데 뭘 해서 못 살겠
어. 밥 한술 떠.

　예갑이 수저를 내밀었다.

　－아니에요. 가서 쉬어야겠어요.

　－우리 영훈이 잘 가라.

　예갑이 아들의 엉덩이를 토닥였다. 불교용품 가게도 물건이
많이 빠져서 휑했다. 이제 곧 뿔뿔이 흩어질 것이다. 함께해 온
시간 동안 예갑에게 많은 것을 의지했는데…… 콧등이 시렸다.

　재개발이 시작된 뒤 남은 가게가 몇 없다. '철거'라고 붉은 래
커로 쓰인 빈 가게 유리창 안에 누린내는 숨어 있다가 해가 뜨
면 스멀스멀 실개천에 쌓인 쓰레기의 썩은 냄새와 함께 떠다녔
다. 뜨거운 햇볕 아래서 혀를 빼물고 헐떡이던 개들도 어디로
갔는지 한 마리도 보이지 않았다. 달아오른 지열만이 고여 있
다가 얼굴에 들러붙었다. 몇 년간의 의리 때문에 가게를 찾아와
물건을 떼 가는 단골들이 주차도 불편하고 물건도 없다고 투덜
거렸다.

　처음 이곳에 입주해 체인 가게를 오픈했을 때만 해도 새벽이

면 전국에서 몰려드는 도·소매상인들로 주차 전쟁을 치렀다. 차 두 대도 엇갈리기 힘들만큼 좁은 도로였다. 마음씨 좋은 척 양보하다가는 자칫 개천에 빠질 수도 있기 때문에 차창을 열고 소리 지르는 고객들의 싸움질로 아침 해를 맞고는 했다. 가로등이 없어도 새벽에는 그들이 켜 놓은 헤드라이트가 환하게 불을 밝혔다.

정미가 아들의 엉덩이를 받친 손을 추어올리며 자장가를 불렀다. 웃음을 참는 소리가 등뼈를 타고 전달되었다. 아이는 정미가 외출하고 돌아올 때면 신기하게 몇 미터 밖에서도 엄마의 낌새를 알아채고 자는 척했다. 그러면 정미는 어김없이 기대를 저버리지 않으려고 업은 채로 자장가를 불러 주었다.

뜨거운 한낮의 햇살에 잘 마른 이불을 걷어 왔더니 뽀송하다. 아들이 이불 안으로 들어가 말면서 굴러간다. 만두, 만두, 만두. 돌돌 말린 이불 위로 아이의 머리칼이 솟아 있다. 냄비 안 간장물에서는 검정콩이 끓고 있다. 아이는 콩자반을 좋아했다. 딱딱해서 잘 씹히지 않을 텐데 물엿의 단맛 때문인지, 간장의 짭조름한 맛 때문인지 콩자반을 올려 주면 오물거리며 잘 먹었다. 물도 콩도 검은 데다 물엿에 번들거려 꼭 쥐 눈 같다. 영훈이에게 누나나 아빠가 없다는 것을, 아빠가 사장이 아니라는 것을 이제 막 초등학교 1학년인 어린애들이 어떻게 알았을까. 정미가 신경질적으로 주걱을 저었다. 까맣게 반들거리는 눈빛으로 일제히 쏘아보던 반 아이들의 눈알 같다. 거짓말을 하니 따돌리는 게 당연하다는 듯 반 아이들을 두둔하는 담임한테, 당신 자식이라면 아이의 몸에 멍이 들어 오는 꼴을 당해도 우아 떨며 반 애들을 두둔할 수 있겠냐며 따지지 못한 게 미칠 것처럼 화가 치밀었다. 하지만 정미는 분노하는 대신 선생님을 충분히 이해한다는 듯이 엷게 미소를 지었다. 그건 자신의 화내는 모습이 수치스러워 조용히 미소 짓던 습관이었다. 집단 속에 섞이지 못했던 자신을 변호하기 위한 미소이기도 했다. 그런 거짓말이 지들한테 해 끼친 거 있어? 눈 밝은 쥐 눈 같은 콩을 마구 휘저었다. 정미의 눈도 쥐 눈처럼 번들거렸다.

\\\\

택배 기사가 큰 박스 네 개를 놓고 갔다. 박스 송장에는 '반품'이라고 적혀 있었다. "허리 벨트 뒤쪽에 웬 갈고리가 있어요. 갈고리가 옷을 스크래치해서 한 개도 쓸 수 없게 됐어요." 동평화시장의 디자이너한테서 전화를 받았다. 박스 테이프를 뜯으면서, 박스 가득 낱개 포장된 체인을 보면서 막연했던 불안감이 온몸을 기어다녔다.

동평화시장에서 허리 벨트 5백 개를 주문받고 나서 거래하던 '삼원체인'에 주문을 넣었다. 샘플로 하나를 만들고 보니 뒤쪽에 장미 가시 같은 갈고리가 잡혔다. 주물 틀에 이물질이 들어가서 생긴 현상일 것이다. 유행 따라 한 해 입고 버릴 패스트 패션의 장식용 벨트로 들어가는 거라서 그냥 지나칠 수도 있었지만 반품 신청을 했다. 고생해서 제품을 만들어 보냈는데 반품이 들어오면 골치 아팠다. 다음 날 삼원체인 사장이 30퍼센트 할인을 해 주겠다고 제안했지만 30센티미터마다 갈고리가 있어서 그 부분을 잘라 내고 이어서 제품을 만들 수가 없었다. 거절했다. 다시 전화가 왔다. 절반 가격에 주겠다고 했다. 대신 반품은 절대 안 된다고 못을 박았다. 정미는 망설였다. 대단한 결함은 아니다. 눈에 띄지도 않는다.

세계 유명 컬렉션에서 허리를 강조하는 실루엣을 선보이자 허리 체인의 주문이 부쩍 늘었다. 굵은 체인에 다양한 버클이 달려 있는 디자인이 주를 이뤘다. 동대문시장과 남대문시장 잡화 도매상뿐만 아니라 명품 의류 이미테이션 제품을 생산하는 동평화시장의 디자이너 클럽에서도 주문이 들어왔다. 동평화시장의 주문을 소화하고도 일본인과 중국인을 상대로 재미를 보고 있는 명동과 남대문의 중대형 쇼핑몰에도 싼 가격에 넘길 수 있다. 세 달 힘들게 일해야 벌 수 있는 돈이 보름이면 떨어진다. 가게를 비워 주기로 한 날짜는 바짝 다가왔다. 이대로 아들과 길거리에 나앉을 수는 없었다.

급격히 노안이 와 돋보기를 끼고 렌치로 체인을 끊으면서 장미 가시 갈고리를 볼 때마다 막연한 불안감에 오줌이 마려운 듯 조급증을 느꼈다. 모조의 금빛에 눈이 부셔서 인상을 찡그리면서, 이러다가는 쉰도 되기 전에 돋보기를 써야 할 거라고 중얼거리면서 밤새 작업한 벨트를 하나도 건질 수 없게 되었다. 삼원체인에는 통장에 있는 돈을 탈탈 털어서 체인값을 지불했다.

낱개마다 비닐로 포장된 벨트가 방에 가득 쌓여 있었다. 모조 금장식 버클은 흐릿한 형광빛을 밀어내고 눈부시게 발광했다. 잠깐 동물원에서 아르바이트를 한 적이 있었다. 동물원 바닥을 밀대로 청소하는 일이었다. Y시에 있는 동물원을 가기 위해 새벽 5시에 집을 나섰다. 광화문에서 시외버스를 타자마자 곯아떨어졌다가 버스 창문으로 미어져 들어오는 아침 햇살에 깼다. 버스는 동쪽을 향해 해를 안고 달렸다. 만약 Y시가 서쪽에 있었다면 한 달도 못 채우고 그만두지는 않았을 것이다. 물개가 박수 치는 것을 왜 사람들이 그렇게 좋아하고 웃음을 터뜨린 것인지 끝내 이해하지 못하고 그만두었다. 동그란 모조 금장식 버클이 그 해를 닮았다고 생각했다.

아이가 신발주머니를 휘휘 돌리며 걸어왔다. 팔을 앞뒤로 세게 저으면서도 걸음은 느려서 팔의 반동에 뼈만 앙상한 몸이 쓰러질 것처럼 불균형했다. 걸을 때마다 만화 캐릭터 운동화에 빨간 불이 들어왔다. 유치원 다닐 때 졸라서 사 준 신발인데 학교에 들어간 뒤에도 발에 맞아 신고 다녔다. 요즘 초등학생들, 저런 유치한 신발 신는 애는 없을 텐데. 정미의 볼이 붉어졌다.

– 개구리 반찬, 죽었니, 살았니?

아이가 가방을 내동댕이치고 노래를 흥얼거리며 게임기를 켰다.

– 오늘은 우리 아들 학교에서 뭐 하고 놀았어?

– 응응, 벌레 놀이 했어.

– 벌레 놀이? 그게 어떤 놀이야?

– 지렁이를 잡는 거야. 내가 지렁이야. 친구들이 나한테 모래를 뿌리면 나는 꿈틀꿈틀해.

아이가 갑자기 시무룩해지더니 이마를 만졌다. 땀에 젖어 이마에 달라붙어 있는 머리칼을 들춰 보니 피딱지가 맺혔다. 아이는 지렁이가 되어 이마에 상처가 났다. 정미는 목이 메어 아무 말도 나오지 않았다. 지렁이처럼 꿈틀거리며 시멘트 바닥을 기어가는 아이의 모습, 상처에서 피가 흐르는 장면과 덩치 큰 아이들의 환호성과 웃음소리에 눈이 맵고 시었다.

아이의 손을 잡은 정미의 팔목에 힘이 들어갔다. 아이의 긴 속눈썹이 감기고 뜨일 때마다 그녀의 숨이 거칠어졌다. 뜨겁다. 다시 우기가 시작되려는지 비를 머금은 습하고 뜨거운 바람이 불었다. 정미도, 아이도 헐떡였다. 아이의 눈이 불안정하게 흔들렸다. 정미는 자신의 미래가 낙관적으로 여겨질 때와 막막하고 불안할 때에 따라 아이를 대하는 반응이 달랐다. 똑같은 행동을 해도 어떨 때는 엄마가 때리고, 어떨 때는 웃는다는 것조차 아이는 분간하지 못했다. 엄마가 함께 웃어 주면 행복하고 매를 들면 공포였다.

– 엄마, 개구리 반찬이 뭐야?

아이는 엄마의 기분을 풀어 주려고 질문을 했다. 질문을 할 때면 엄마가 행복한 표정을 지었으니까. 죽었니, 살았니. 아이는 아빠가 사 줬던 과자에 들어 있던 조잡한 자동차를 날개 달린 슈퍼 카인 양 허공에서 빙글빙글 돌리며 돌림노래처럼 불렀다.

– 개구리 반찬이라니, 애들이 벌레도 먹인 거야?

정미가 놀라 엄지와 검지로 아이의 입을 벌렸다. 연분홍 점막 안에는 아무것도 없었다. 입술 사이로 끈적한 침만 흘렸다. 하교한 지 몇 시간이 지났다. 입에 뭐가 들어 있을 리 없었다. 정미가 다리를 뻗고 주저앉았다. "너 바보야? 애들한테 당하고 다니고." 정미는 게임기를 강제로 끄고 아이의 작은 손에 체인을 감아 주었다. 두 번을 감았지만 쇠의 차가운 감촉에 익숙하지 않은 아이는 징그러운 벌레처럼 진저리를 내며 털어 버렸다. 체인이 방바닥에 차르르 떨어졌다. "강해야 살아남지." 이번엔 체인을 세 번 감았다. 살이 없는 작은 손에 세 번씩 감다 보니 손 전체가 체인으로 덮였다. 역시 오래 버티지 못하고 방바닥에 떨어졌다. 이번에는 털어 내지는 않았지만 아이가 주먹을 쥐지 않은 것이다. 정미는 체인을 집어 들고 휘 돌렸다. 체인의 회전 속도에 따라 공기를 가르는 소리는 휘파람 같기도 하고 바람 소리 같기도 했다. 체인이 한 바퀴, 두 바퀴 돌아갈 때마다 아이는 눈을 감지도, 뜨지도 못하면서 두 손으로 얼굴을 가렸다. 정미가 회전을 중단하자 천장을 올려붙일 기세로 뻗어 나가던 체인이 부드러운 털실처럼 정미의 손바닥에 감겼다.

– 재미있어. 해 봐.

정미가 조련사처럼 말했다. 1밀리미터의 고리로 연결된 황동색 체인이었다. 두 평의 가게를 여러 번 휘감을 수 있는 길이의 체인에서는 막 베인 살갗에서 나는 생피 냄새가 났다. 아이는 신기한 듯 정미의 손 냄새를 맡더니 인상을 찡그렸다. 정미는 아이의 손에 다시 체인을 감아 주었다. 아이는 세 번 감기길 기다렸다가 주먹을 쥐었다. 손이 너무 작아 오므라지지 않았다. 한 바퀴를 풀자 그런대로 주먹이 쥐어졌다. 아이는 줄넘기를 돌리는 엉성한 동작으로 체인을 돌리다가 방바닥에 내리쳤다. 소리는 아직 어설프지만 아이는 칼이 가지는 든든함을 터득할 것이다. 새로운 장난을 발견한 듯 신이 난 표정이지만 그녀는 알고 있었다. 아이가 곧 싫증을 낼 거라는 걸.

간장떡볶이를 만들어 방으로 들어가니 아이가 반품된 허리벨트를 전부 방에 펼쳐 놓고 만두 놀이를 하며 뒹굴고 있었다. 몸을 굴릴 때마다 비닐에서 들리는 빠득거리는 소리에 혼이 빠져서 비명을 지르며 웃었다. 정미가 들고 있던 밥상을 내동댕이쳤다. 검은 떡볶이 국물과 벌건 깍두기 국물이 방바닥에 쏟아졌다. 정미는 허리 벨트를 아무거나 집어서 아이에게 휘둘렀다. 아이는 울지도 못 하고 살충제를 피하는 바퀴벌레처럼 네 발로 구석으로 기어갔다. 그리고 방 모서리에 등뼈를 밀어 넣고 간장과 고춧물로 뒤범벅된 밥상을 끌어다가 방패처럼 막았다. 아이가 미친 듯이 머리를 쥐어뜯으며 비명을 지를 때야 정미는 울부짖는 걸, 아이에게 닥치는 대로 갈고리 허리띠를 집어던지는 걸 멈추었다.

아이는 두 팔을 위로 뻗어 만세를 부르며 깊이 잠들었다. 땀범벅이 된 얼굴과 허벅지에는 체인에 휘둘린 자국이 붉은 뱀의 혀처럼 얽혀 있었다. 벌어진 입에서 울음 끝을 추스르는, 가는 신음이 새어 나왔다.

정미는 끝이 나달나달한 접이부채를 펄럭이며 가게 밖 폭우를 응시했다. 쏟아지는 빗줄기는 환풍기 돌아가는 소리를 내며 땅으로 떨어졌다. 낙서로 지저분한 담벼락과 휘어지고 금 간 전봇대 사이에 흠집 하나 없이 새로 설치된 은빛 가로등은 생뚱맞아 보였다. 익숙한 것에 터무니없이 관대한 만큼 낯선 것을 까닭 없이 불신하는 정미는 새로 설치된 은빛 가로등이 흉기 같았다.

사람들이 잘못 들어오면 길을 잃어버리곤 하던 이 골목에서 정미는 안정된 시간을 살았다. 아들과 이곳을 떠나 다시 혼란의 시간으로 돌아가야 한다는 것이 두려웠다. 실컷 울고 나면 좀 후련해질 것 같은데 베트남처럼 뜨거운 날씨가 몸통에서 뚝뚝 흐르는 모든 수분을 비틀어 짜서 증발시키는 듯 숨을 쉴 수 없었다. 하루 종일 돌린 선풍기 모터에서 뿜어내는 뜨거운 바람도, 부채의 게으른 바람도 참을 수 없었다. 치마 속 팬티는 엉덩이에 달라붙어 일어설 때마다 손으로 떼어 냈다. 지하 간행물실로 가서 깊은 잠을 자고 싶었다. 정미는 아이의 땀에 젖은 머리칼을 걷었다. 이마의 생채기는 피딱지가 맺혀 있었다. 상처 주변의 소독약이 땀에 젖어서 밝은 주황빛을 띠었다. 그 이마에 입을 맞췄다.

빛이 스미는 동안

- 엄마, 친구들은 나를 왜 미워하지?

- 엄마도 몰라. 사람들이 왜 서로를 미워하는지. 왜 떠나는
지. 죽지도 않았으면서 죽은 척까지 하면서 떠나는지.

베트남의 습한 거리, 생선에 달라붙어 있던 시커먼 파리 떼,
땀에 미끄러지던 슬리퍼, 발가락을 오그리고 힘을 주어도 자꾸
헛디뎌 몸이 균형을 잡지 못해 기우뚱하던 시장, 끊임없이 어디
선가 흘러나오던 악취, 그 악취가 남편의 시체일 것이라고 착각
했을 때의 혐오.

정미는 체인을 세 겹 감은 뒤 주먹을 쥐었다. 살이 없는 손바
닥에 박히는 장미 가시 갈고리의 통증이 상쾌하다. 뼈를 뚫는
찌릿함에 눈을 감았다. 자고 있는 아이의 숨소리가 규칙적으로
들렸다. 정미는 긴 호흡을 내쉬었다. 체인을 양손에 당겼다. 휭,
하는 쇳소리가 들렸다. 정미는 팽팽하게 당겨진 갈고리 체인을
들고 아이에게 다가갔다.

너의

의

빛

1

그날 그 빛을 보았다. 몇 시간이 지났는지, 며칠이 지났는지 비몽사몽 눈을 떴을 때 흰빛이 수천 마리의 지네 떼가 되어 허공에서 춤을 추었다. 다시 혼절했다. 그 빛을 다시는 못 볼 줄 알았는데 눈을 떠 보니 목화솜 이불을 덮고 있고, 아이는 강보에 쌓여 깊이 잠들어 있었다. 근처에 아이를 낳았다는 말을 들어 보지 못했는데 어디서 동냥젖을 얻어 먹였는지 볼살이 뽀얗게 귀한 아이 같았다.

불김을 못 쬔 냉골방에서 아들을 낳았다. 노산이었다. 이불이라고 할 수조차 없는 누더기와 더러운 속옷가지는 피범벅이 되었다. 산통 중에 몇 번을 까무러쳤다. 울음조차 말라 버리고 신음도 잦아들었지만 긴 명줄을 타고난 아이는 세상 빛을 보았다.

– 이제 정신이 드는가?

옆집 아줌마가 내려다보며 말했다. 군불을 때서 방이 따뜻했다.

– 고맙소. 아들이요, 딸이요?

– 을매나 몸이 부실했으믄 지 새끼가 아들인지 딸인지도 모르고 정신을 놔 부렀을까. 아들이여 아들. 이 덜렁덜렁한 고추를 보란게.

예갑이 혼절 중에 보았던 흰빛은 구들을 뚫고 올라온 연기였다. 산달이 임박한 예갑이 며칠째 인기척이 없자 옆집 아줌마가 문을 열어 보았다. 탯줄도 끊지 못한 피투성이 산모와 아이를 보고 급한 마음에 장작을 땐 것이 갈라진 구들 사이로 연기가 치솟은 것이다.

그 빛이 예갑의 잠을 깨웠다. 빛과 섞인 어둠을 덮고 있는 것은 짙푸른 적막이었다. 너무 조용해서 이명 같았다. 창호 바른 방문에 그 빛이 보름달을 만들었다. 손을 펴서 보름인지 날짜를 따져 보기도 전에 누워 있는 곳이 가게 쪽방이라는 사실을 깨달았다. 방문을 열면 매장이 있고 가게 문은 굳게 닫혀 있을 것이다. 보름달이 가게 안까지 들어와 비출 수는 없었다.

얇은 누비 담요를 걷고 일어났다. 흔적만 남은 젖무덤까지 올라간 속옷을 끌어내리고 무릎걸음으로 방문을 열었다. 가게

천장에 영가등이 매달려 있고, 유리문으로 들어온 가로등 불빛이 영가등에 얹혔다. 그것이 하얀 창호를 통과해 보름달을 만들었다.

낮에 한전에서 나온 기사들이 가로등을 설치했다. 트레일러에 실려 온 가로등이 허공에 걸렸다. 지난 20여 년 동안 밤이 되면 이 골목은 암흑에 잠겼는데 은빛 찬란한 기둥만으로도 온 동네가 밝아졌다. 초저녁 푸른 어둠을 감지한 가로등이 불을 밝히려고 부스스 몸을 흔들었을 때 예갑은 "아……" 하고 탄성을 질렀다. 가로등이 어둠보다 더 짙은 푸른빛을 쏘아 어둠을 밀어내고 있었다. 그 빛 때문에 새벽에 깼다.

담배를 꺼내 물었다. 손마디가 굵고 거칠다. 잠이 덜 깬 빈속으로 담배 연기가 스며들자 찌릿한 게 너무 좋다. 숨을 깊게 들이켤 때마다 어둠 속으로 번지는 빨간 담뱃불을 황홀하게 바라보았다. 담배를 태우는 습관은 함청사에 있을 때 생겼다. 새벽 공양을 지으러 약수터로 가는 도중 누군가 버린 꽁초를 주워 아궁이 불로 피웠다. 그렇게 몰래 시작된 향초 덕분에 예닐곱 살부터 시작한 불목하니의 힘든 시간을 견딜 수 있었다. 휘어진 척추의 힘과 균형을 잡기 위해 물린 어금니로 하루를 보내던 시절이었다. 장작을 때고, 김치를 담그고, 나물을 손질하고, 오는 불자를 위해 밥을 짓고, 가는 불자를 위해 마당을 쓸었다.

예갑이 특히 잘하는 것은 밥 짓는 것이었다. 새벽 어스름이 오기 전, 찬 공기가 공중으로 뿌옇게 흩어지기 전, 물동이를 이고 산골짜기를 따라 올라갔다. 하루 밥할 양의 물만 솟는 샘에서 물을 길어 내려왔다. 한여름에도 너무 차서 푸른 기운이 서린 산골 약수가 마을에 알려지지 않은 건 워낙 수량이 적어서였다. 함청산은 산세는 좋은데 물이 귀했다. 전답 만 평을 부리는 불자가 보내 주는 아끼바리를 씻어 가마솥에 안친 뒤 산으로 올라가서 약수를 떠 오면 쌀이 마침하게 불었다. 한 바가지, 또 한 바가지를 붓고, 한 손으로는 꼼짝도 않는 가마솥 뚜껑을 어금니에 힘을 주어 닫았다. 무쇠솥의 몸통과 뚜껑이, 쇠와 쇠가 맞물리면서 내는 마찰음과 쇠 냄새를 좋아했다.

그래도 그때가 좋았어.

기억으로 치달릴수록 남은 생이 초조해졌다. 담배 연기가 방 안에 그득했다. 허공에서 춤추는 담배 연기가 꼭 지네를 닮았다.

그날, 왜 도망쳤을까. 공양을 짓다가 언뜻언뜻 부엌문 사이로 보이던 말쑥한 남자. 고시 공부를 하러 왔다고도 하고 폐병 치료를 하러 요양차 왔다고도 했다. 남자를 훔쳐볼 때마다 하루 종일 장작을 때느라 거멓게 그을음이 내려앉은 얼굴이 발갛게 달아올랐다. 아궁이에 불쏘시개를 넣으며 남자의 하얀 얼굴을

빛이 스미는 동안

가슴에 새겼다.

새들도 잠들고 나뭇잎도 숨죽인 그 푸르스름한 새벽. 서걱거리는 치맛자락 소리에 날 것들 깰까 봐 뛰지도 못하고, 옷가지 몇 개 든 보따리를 안고 고무신 소리도 죽여 가며 산길을 내려갔다. 그 산길을 몇 달 후 미친 듯이 뛰어 올라갔다. 숨이 턱에 닿도록, 가슴에 동여맨 치마 말기가 뜯어질 듯 헉헉거리며, 산새들이 깨건 말건 고무신 밑창에 벌레들이 뭉개져 죽든 말든 뱃속에 태를 잡은 새끼의 애비를 만나야 한다, 잡아야 한다는 일념으로 절을 향해 뛰어갔다.

"손바닥만 한 지네가 방으로 떨어지자 사내가 정신없이 뛰쳐나오더만. 어디서 주워들었는지 지네는 쌍으로 다닌담서, 또 한 마리가 분명히 어디 숨어 있을 거람서, 기겁을 하더만. 짐이랄 게 뭐 있간디, 손가방 하나 달랑 들고 줄행랑을 치는디, 저걸 사내로 봐야 할까 싶었다니께." 새로 온 불목하니의 말을 듣고 지네 한 마리에 줄행랑친 남자의 방을 둘러본다. 연필 한 자루, 종이 한 쪼가리라도 떨어뜨렸을까 샅샅이 뒤진다. 남자의 흔적은 없다. 지네가 어디에서 떨어졌나. 천장과 벽을 살피다가 흐린 글씨의 낙서를 발견했다. 맥없이 산길을 내려와 냉골방에서 아이를 낳을 때까지 그녀의 머릿속을 떠나지 않은 것은 지네였다. 낙서에 적혀 있던 이름의 성을 따서 아들을 호적에 올렸다.

2

– 일흔이 넘은 사람이 웨하스나 계란과자 좋아해야 정상이
지. 치토스가 뭐여, 치토스가. 나이에 안 맞게시리.

장 씨는 타박하면서도 모닝커피 시간에는 어김없이 비닐로
덮어 놓은 '무조건 천 원' 과자 상자에서 치토스를 꺼내 왔다.

– 그년이 미쳤지. 보자기로 목을 감았더라고. 손가락 하나
꼼짝 못 하는데 그게 가능해? 치매가 아닐지도 몰라. 그런 척할
뿐인 거야.

장 씨가 삿대질을 하며 소리쳤다. 그의 아내는 풍을 맞아 반
신불수로 3년, 치매로 2년, 도합 5년을 자리보전했다. 반신불수
인 상태에서 그나마 배변 처리는 혼자 힘으로 했는데 돌봐 주
는 사람 없이 방치해서 치매인 것처럼 증상이 나타났을 수 있
다. 정신은 온전했는지도 모른다.

– 사람에겐 죽고 싶을 때 죽을 권리도 있어.

– 누가 죽을 권리 없댔나? 죽으려면 곱게 죽어야지. 다시 시
체처럼 누워 있는데 언제 또 목을 감을지 겁난다고, 집에 들어
가기가.

열이 뻗치는지 장 씨가 잘 때도 쓰고 자나 싶게 항상 머리 위
에 올려 두는 납작모자를 벗어 부채질을 했다. 머리 가운데가
비었다.

－간병인 쓰기 어려우면 요양원에라도 보내. 이번에 보상금도 받았잖아.

－그 돈이 어떤 돈인데. 내가 죽어 오동나무 관 짤 때까지 쓸 돈이라고. 앞으로 살면 얼마나 살겠어. 이런 꽁돈 들어올 기회가 또 있을라고.

－죽어 송장된 뒤에 오동나무로 짜 줄지 거적때기로 쌀지 알게 뭐야.

－불자가 그렇게 말해도 되는 거야?

살다 보니 흘러들어 와 자리를 튼 이곳. 한국전쟁 이후 국유지에 날림으로 지은 연립주택 사람들이 보상금을 챙겨 제일 먼저 떠났다. 다음으로 액세서리 부속품 장사치들이 대로변 액세서리 빌딩으로 이전했다. 나머지 가게들은 땅값이 싼 경기도 외곽으로 떠났다. 마을버스가 운행을 중단하자 사람 구경하기가 힘들었다. 장 씨도 토지 보상금으로 아내 간병인 하나쯤은 들이지 않을까 싶다가도 구두쇠 손에 굴러들어 온 돈이 한 푼이라도 불구 아내한테 들어가게 놔둘 거 같지 않았다.

－슈퍼 자리는 봐 놨어?

－이제 슈퍼 안 해. 처음 할 때는 슬쩍하는 놈들 잡아내는 재미라도 있었지. 야단치고 담에는 안 그런다는 각서도 받고. 부모한테 이른다고 하면 발발 기어. 이젠 그런 재미도 없어. 한 집

건너 편의점이 널렸는데 고생만 하지. 먹고 놀 거야.

　- 슈퍼 더 안 할 거면 치토스 남은 거는 나 줘.

　- 나쁜 새끼들. 장사 그만두는 줄 알고 겨울에 들어올 때 박스 당 8천 원씩이나 더 받아 처먹더라니까.

　- 줄 거야, 말 거야?

　- 아, 준다고. 나 장판수, 그렇게 쩨쩨한 인간 아니야. 보살도 가게 잡으려면 서둘러야지. 가게 빼 주기로 한 날짜 얼마 안 남았잖아.

　- 나도 이제 더는 장사 못 하지. 나이가 몇인데.

　- 그럼 뭐 할 건데?

　- 아직 몰라.

　- 떠날 때 되니까 가로등도 달아 주고 동네가 뽀대 나는구먼.

　장 씨가 요란한 소리를 내며 커피를 마시더니 비에 젖어 빛나는, 까마득히 높은 은빛 가로등을 올려다보았다. 빗방울이 날벌레 떼처럼 방사형으로 흩어졌다. 장 씨가 너그러워진 건 동네가 뽀대 나서가 아니라 한전 기술자들이 구멍가게에서 올려 준 매출 때문이었다. 담배, 우유, 빵을 한나절 일한 것치고는 적지 않게 매출을 올려 주었다. 예상치 못한 대목이었을 것이다.

　- 20년 동안 건축과에 번갈아 민원을 넣어도 꼼짝도 않더니 동네가 철거되는 마당에 가로등을 달아 주는 건 무슨 심뽀래?

– 아파트 공사하려면 밤이고 낮이고 불이 있어야지.

– 머리에 피도 안 마른 것들이 밤이면 몰려와 담배 태우고, 오줌 내갈기고 할 때는 들은 척도 안 하더니 아파트 주민만 사람이래?

– 머리에 피도 안 마른 것들이 오줌 갈기고, 담배 태우면 아파트 분양하는 데 애로가 많거든.

예갑이 놀리듯 말하자 장 씨가 예갑을 째려보고는 구멍가게로 들어갔다. 어금니에서 치토스가 파삭 깨졌다. 비린 듯 쏘는 카레 향이 입안에 번졌다. 함청에서 서울로 오는 막차 버스 안에서 먹었던 이름을 알 수 없던 과자와 비슷한 맛. 다섯 살 생일을 몇 달 앞둔 아들을 고아원에 맡기고 시외버스 터미널에서 너무 배가 고파 집어 들었던 과자. 태어나서 한 번도 벗어나 본 적 없는 함청을 떠나 서울로 가는 버스 안, 어둠 속에 스러져 가던 나무와 산과 낮은 지붕을 뒤로 보내면서 그 과자를 씹었다. 마지막으로 아들을 껴안았던 작은 몸뚱이에서 나던 비릿하면서도 톡 쏘던 그 맛. 흐릿한 형광등 아래 졸고 있는 막차 승객들 사이로 과자 씹는 소리가 퍼석퍼석 울렸다.

빈속으로 곤두박질치던 과자 부스러기는 기억에 각인되어 서울 변두리 암자에서 엄마를 따라온 아이가 놓고 간 치토스를 발견한 예갑의 세월을 단박에 거스르게 했다. 과자 포장지에 그려진 치타가 선글라스를 쓰고 어디론가 곧 도망칠 듯한 자세. 온 동네를 쏘다니다 땀에 찌든 아들을 씻기려고 하면 도망가기 직전에 짓던 표정과 동작. 아들이 보고 싶을 때마다 암자 아래 구멍가게에서 치토스를 사 먹었다. 목구멍에 치받치는 울분과 그리움을 치토스의 퍼석거리는 소리와 톡 쏘는 카레 맛이 틀어막아 주었다.

장 씨와 자리바꿈해 정미가 나왔다. 화장을 하지 않은 파리한 안색이 곧 세상을 등질 것 같았다. 몸집도 작은데 눈은 커서 며칠 굶은 다람쥐처럼 보였다. 예갑은 정미를 볼 때마다 그 시절의 자신을 보는 것 같아 마음이 아렸다. 하루 종일 보이지 않으면 연탄가스라도 맡았나 싶어 다급하게 가게 문을 열어 보지만 그럴 때마다 작업 탁자에서 굳은살이 박인 손으로 열심히 펜치를 놀려 체인을 토막 내거나 구부리고 있었다. 영훈이 아빠가 베트남으로 도망을 친 건 알고 있었지만 전세금까지 빼간 건 몰랐다.

울면 속이라도 시원할 텐데. 정미는 한 번도 예갑 앞에서 눈물도, 투정도 부린 적이 없지만 뒷말이 생략되었다는 것을 알고 있었다. "먹고 살기도 힘든 걸요, 혼자 아이 키울 생각을 하니 암담해요" 따위의, 예갑 자신이 어렸을 때 수없이 목구멍으로 삼켰던 말들. 누군가 조금만 손을 내밀 낌새가 보이면 줄줄이 딸려 나올 준비가 되어 있던 하소연들. 그 목멘 말을 어두운 표정으로 숨겨 버릴 수 있게 되기까지 얼마나 많은 눈물을 삼켜야 했나.

모든 책임을 자신의 죄의식으로 돌리는 사람들의 특징이다. 누구도 도와줄 수 없다. 저 화기를 다스릴 수 있는 것은 본인뿐이다. 본인도 어쩌지 못해 화기가 눈으로 뻗치는 것이다. 1년에 한 번 얼굴을 비칠까 말까 하던 아들이 최근 들어 부쩍 예갑을 찾아오는 것도 정미 때문인 것 같아 마음이 쓰였다. 정미만 슬쩍 만나고 내려간 것도 몇 번이나 되었다.

3

— 요즘 도둑들은 간덩이가 부었어요. 불전함을 통째로 들고 갔다니까요.

청룡사 스님이 대웅전 불상 앞에 놓인 불전함 자리를 새로 맞추며 말했다.

— 경찰에는 신고하셨어요?

— 당연히 했죠. 그렇지만 푼돈 들어 있던 거 신경이나 쓰겠어요? 요즘은 연쇄살인이나 터져야 눈 하나 깜짝할까.

— 저 가게 그만두는 거 아시죠? 그동안 신세 많이 졌습니다.

– 저희야말로 보살님 덕 많이 봤죠.

스님과 합장을 하고 봉고차에 올랐다. 연희사는 비구니 절이어서 마음이 더 편했다. 연희사 주문은 내일이었지만 오늘 가면 안 되겠냐고 양해를 구했다. 이걸 끝으로 더는 장사를 안 할 생각이었다.

초 한 상자와 조화 바구니를 들고 연희사 계단을 올랐다. 층마다 패랭이꽃과 벌개미취, 맥문동이 만개했다. 여승들이 매일 쓸고 닦아서 아담하지만 예뻤다. 처음 이 절과 거래를 텄을 때만 해도 절이라기보다는 작은 암자였다. 대형 아파트 단지가 들어서면서 굵직한 신도들이 절을 키웠다. 아파트 사모님들이 철마다 맞춰 핀 꽃밭의 작은 테이블에서 차를 마시는 모습을 볼 수 있었다.

예갑이 영가등값을 지불하고 저녁마다 등 좀 켜 달라고 부탁했다. 삼현보살이 염려 말라는 뜻으로 손을 휘휘 저었다. 가운데 꼬리표에 '멸살업'라는 염을 적었다. 예갑의 기도는 살생의 죄를 풀어 달라는 것이었다.

구찌가 엉덩이를 땅에 붙이고 예갑이 계단을 내려가는 걸 지켜보았다. 짖을 때가 되었는데, 예갑이 계단 중간에서 구찌를 돌아보고, 지금 짖으려나, 계단 끝에서 다시 돌아봐도 구찌는 얌전하게 엉덩이를 땅에 붙이고 하품만 길게 했다. 구찌 가방을 든 신도를 보면 짖지 않고 꼬리를 흔든다고 해서 '구찌'라는 이름이 붙었다. 예갑만 나타나면 걸인을 본 듯 유난스레 앞발로 흙을 파고 짖어 댔는데 예갑이 떠난다는 걸 아는지 조용했다. 저 녀석도 늙은이가 다 되었네.

마지막 계단을 내려오는데 무릎 통증에 온몸이 떨렸다. 잠을 깨운 건 영가등이 만든 얹힌 달빛이 아니라 무릎 통증이었는지도 모른다. 기다시피 봉고차로 가서 진통제를 손에 집히는 대로 털어 넣었다. 작년까지만 해도 하루 두 번이면 통증이 잡혔는데 이제는 서너 시간을 넘기지 못했다. 50년을 아궁이 앞에 쪼그리고 앉아 불을 때고 밥을 했으니 무릎이 성하면 이상한 일이다. 서울 산동네 암자에 있을 때 뼈 주사를 맞았다. 산 아래 무허가로 집을 짓고 사는 이들이 사람을 불러 단체로 야매 주사를 맞았다. 3년이 지나니 다리에서 시작된 통증이 허리까지 전부 떨어져 나갈 것처럼 아려 잠을 잘 수 없었다. 처음으로 병원을 찾았다.

– 아휴, 할머니도 참. 이 지경이 되도록 어떻게 참았어요? 엄청 아팠을 텐데.

– 아프긴 아팠는데…… 진통제 먹으면 그냥저냥 참을 만합디다.

– 어떻게 하면 좋겠어요?

어떻게 하면 좋겠냐고, 환자가 의사에게 묻는 것이 아니라 의사가 환자에게 물었다. 연골이 다 녹아 수술하지 않으면 방법이 없다고 했다. 다리가 깨끗이 낫는 것도 아니고 이제 와서 수술한들 무슨 기대할 일이 남아 있을까. 예갑은 모아 놓은 돈으로 불교용품 가게를 열고 절름발이가 되었다.

약발이 듣자 통증이 잦아들었다. 함청사에서 장작불을 땔때, 잿더미속의 불씨가 희끄무레 잦아드는 것과 비슷하다. 봉고차의 시동을 걸었다. 여름 우기 한철에만 물이 넘실거리는 개울물이 바짝 말라 바닥의 흙과 자갈까지 허옇게 드러났다. 이쯤인가. 예갑이 차를 세우고 차창을 열었다. 시큼한 바람이 끼쳤다. 저쯤인가. 눈대중으로 가늠해 봐도 여기가 저기 같고, 저기가 여기 같았다. 몇 년 전까지만 해도 이 길을 내려가면서 곁눈질만으로도 확실히 알 수 있었는데, 눈을 감고도 찾을 수 있을 거같아 굳이 표지될 것을 정하지 않았는데.

차를 세웠다. 지열을 업은 시궁창 냄새가 차 안 공기와 **빠르**게 자리바꿈했다. 여자애였나, 남자애였나. 그것마저 가물가물하다. 태를 식칼로 끊으면서 잠깐 기르고 싶다는 생각을 한 게 여자아이였기 때문이지. 아냐. 딸이었다면 기를 수도 있었을 거라는 생각을 한 걸로 봐서 남자아이였어. 고개를 세차게 흔들었다. 모든 기억이 뿌옇게 지워지는 것 같았다. 내 나이가 몇이지? 손을 꼽아 보곤 나이를 잊어버리지 않은 걸로 봐서 정신을 놓은 건 아니었다.

그런데 그날의 일이 왜 이리 뿌옇기만 한 걸까. 모든 걸 또렷이 기억하고 있다고 믿었는데. 하지만 아이의 꼬물거리던 손가락만큼은 생생하게 떠올랐다. 태와 아이를 묻고 개천을 따라 내려오던 밤, 제 어미의 손가락 하나를 붙들고 놓지 않으려고 버둥거리던 아이의 악력을 떨쳐 버리려고 팔을 세차게 흔들었다. 그로부터 한참 뒤 홍수가 나던 날 예갑은 쪽방에서 한 발짝도 나올 수 없었다. 장 씨가 좋은 물 구경 났다고 불러내고, 정미가 빨리 나와 보라고 생중계를 하는데도 이불을 뒤집어쓰고 벌벌 떨었다. 갓난아이가 땅속에서 자기의 태를 빨아 먹고 큰 나무로 자라서 센 악력으로 예갑의 뒷덜미를 잡을 거 같았다.

4

8시가 넘었지만 여름이라 해가 길었다. 예갑이 변소로 들어가려다 주변을 살폈다. 구멍가게와 체인 가게 그리고 불교용품 가게, 세 가게가 공동으로 사용하는 변소였다. 다 떠나고 골목에 사람이 없는데도 변소를 들어갈 때마다 둘러보는 습관을 버리지 못했다. 장 씨가 다녀갔는지 담배 연기가 가득했다. 쪼그리고 앉은 구석에는 변기 솔이 하나 세워져 있었다. 언제부터 그 자리에 있었는지 모르게 때가 낀 솔은 본래 무슨 색이었는지 알 수 없게 짙은 쥐색이었다. 예갑은 자신을 보는 것 같았다. 세상에 태어나 살았다는 게 꼭 변기 하나 닦다 사라지는 변기 솔 같았다.

변소에서 나오는데 아들이 체인 가게에서 나왔다. 아들도 예갑을 보고 걸음을 멈추었다.

– 영훈이 엄마한테는 무슨 볼일 있어서.

– 그냥.

– 영훈이 엄마는 건드리지 마라. 불쌍한 여자야.

아들이 침을 뱉었다.

– 여기가 곧 허물어져 버릴 동네라고는 해도 아무 데나 침을 뱉고 그럼 쓰나. 알 만한 사람이.

장 씨가 구멍가게 앞에서 뒷짐을 지고 서 있다가 아들에게 한마디 했다. 아들이 장 씨를 돌아보았다. 아들의 눈이 가로등 불빛에 번들거렸다. 그 눈빛에 장 씨가 헛기침을 하고 가게로 들어갔다. 예갑의 등에 흘러내리던 땀을 가시게 하는 살기였다.

방 한 칸 마련할 돈을 모아 고아원을 찾아갔다. 8년이 흐른 뒤였다. 아들은 없었다. 상습 도벽이 다른 원생들에게 나쁜 영향을 끼쳐서 더 이상 데리고 있을 수 없었다고 원장이 말했다.

물어물어 아들이 있는 곳을 찾아갔다. 아들은 학교도 안 다니고 개 사육장에서 일을 하고 있었다. 아들이 쥐고 있는 개줄의 길이는 한 뼘밖에 되지 않았다. 누렁이가 움직일 수 있는 영역도 한 뼘이었다. 누렁이가 벗어나려고 몸을 조금만 뒤틀어도 녹슨 사슬이 누렁이의 목을 파고들었다. 아들 손바닥에 세 겹으로 감겨 있는 사슬의 반작용 때문이었다. 누렁이는 아들과 같은 보폭으로 걸어야 사슬의 압박에서 벗어날 수 있었다. 누렁이가 버릇 없이 몸부림칠 때마다 벌로 아들은 팔꿈치를 접었고, 누렁이는 발버둥을 치면서 흰자위를 드러냈다.

아들의 눈은 태어나던 날 속옷가지에 배어 있던 핏물처럼 불그레했다. 분노와 절망에 절여진 눈빛을 보는 순간, 예갑은 자신이 엄마라는 말이 나오지 않았다. 왜 나를 버렸냐는 원망을 들을까 봐서가 아니라 아들의 눈이 더욱 절망으로 변할까 두려워서였다. 머리를 하얗게 민 불목하니가 에미라고 달려든다면 살아오는 동안 단 하나의 열망으로 품었을 엄마에 대한 환상을 포기해 핏물 든 눈빛마저도 풀어져 버릴까 두려웠다. 예갑에게 그 8년은 인생의 일부였지만 열세 살 아들에게 8년은 거의 생 전체였다. 그 8년 동안 아들은 핏빛 눈을 가진, 수단 좋은 개 거간꾼이 되어 있었다.

영가등 빛에 또 잠에서 깼다. 가슴께를 핥는 고양이의 발자국 같기도 하고, 어지러움 속에 곧게 뻗은 한 줄기 담배 연기 같은 흔적이다. 꿈을 꾸었던 것 같은데 꿈속 사내가 누구였는지 어른 어른하다. 말쑥한 게 함청사에서 만난 젊은 남자 같기도 하고 넓은 어깨가 장 씨 같기도 했다. 함청사 남자는 어깨가 좁았다. 눈에 띌 정도로 이목구비는 수려했는데 체격은 작은 편이었다.

저걸 떼어 버려야 하나. 영가등은 가로등이 설치된 이후 매일 밤 방 안에 보름달을 드리웠다. 꿈이 많아졌고 새벽마다 깼다. 담배를 꺼내 물었다. 새벽 식전 담배가 안 좋다는데 잠자리에서 눈을 뜨면 담배 유혹을 떨치기 어려웠다. 이 재미마저 없었으면 무슨 재미로 살았을까. 정미는 예갑이 담배를 피울 때면 폐암 걸린다고 담배 끊으라고 잔소리를 했지만 암보다 치매가 더 무서웠다. 치매에 걸리느니 죽는 게 낫다고 생각했다. 그래서 더 열심히 필 작정이었다. 장 씨 아내처럼 인적 끊긴 골방에 누워 대소변을 뭉개면서 인생을 마치고 싶지는 않았다.

어디로 가야 할까. 예갑도 아들이 보상금을 챙겨 가서 남은 돈이 없었다. 봉고차는 정미에게 줄 예정이었다. 영훈이가 태어 났을 때부터 친손주인 양 지극정성으로 돌봤다. 서른 살이 다 된 아들이 찾아왔지만 지금까지도 정이 안 갔다. 미안해서라도 잘해 줘야 하는데 왜 마음이 안 가는지, 그런 자신의 마음을 확인할까 겁이 나 이유를 알고 싶지도 않았다. 아들을 볼 때마다 자신을 지독하게 미워했던 그 시절이 떠올랐고, 그 시간으로 돌아가고 싶지 않은 심리가 아들을 내치는 거라는 걸 나중에 알았다. 영훈과 정미에게 정성을 들인 것도 그때의 시간으로 거슬러 가 새로운 삶으로 복기하려는 무의식적인 행동이었다.

천장을 보고 똑바로 누웠다. 또 새 하루가 시작되려 했다. 나이가 들수록 시간이 비틀렸다. 하루는 빨리 지나가는데 한 달은 더뎠다. 1년은 더 까마득했다. 작년 여름에 있었던 일이 몇 년 전인 양 아득하다가도 연말이 되면 시간은 다시 촘촘해져서 한 해가 금세 지나가 버렸다. 시간이 제멋대로 늘었다 줄었다 변덕을 부렸다. 이 새벽이 지나면 죽음이 한 발 더 다가와 있을 것이다. 갓난아기 때 하루가 다르게 아들 볼살이 보얗게 부풀었던 것처럼 하룻밤 자고 나면 문턱 앞까지 죽음의 형상이 어른거렸다. 중복을 바라보고 있는데도 밤이 되자 한기가 들었다. 어둠은 온기마저 앗아 가는 힘이 있다. 영가등 안에 초를 넣고 불을 켰다. 영가등은 망자의 극락왕생을 염원하는 등이다. 흰 등은 흰 연꽃을 뜻한다.

영가등에서 따뜻한 빛이 은은하게 배어 나왔다. 죽음의 빛치고는 황홀했다. 죽음은 흰빛일 거야. 별빛처럼 차가운 빛. 벌겋게 타오르는 살생의 세계에서 흰빛을 지킨다는 건 힘든 일이지. 달빛처럼 손이라도 갖다 대고 싶은 빛이어야지. 영가등의 밝은 보름달이 방 안 가득 찼다. 옆으로 누워 그 빛을 바라보며 손에 잡히는 대로 진통제를 한 주먹 집어 삼켰다. 오늘 새벽에는 그 빛을 품고 깊은 잠을 잤으면 좋겠다.

빛이 스미는 동안

탈

수

  뱀장어는 안전해 보인다. 돌출된 아래턱은 잡은 먹잇감을 놓치지 않을 만큼 단단하게 물려 있다. 눈빛은 나태한 듯 보이지만 잠시도 긴장의 끈을 놓지 않는다. 새벽부터 수족관에서 날벌레를 한 자루 풀어놓은 것처럼 웅웅웅 소음이 들렸지만 뱀장어는 번들번들한 흑갈색의 긴 꼬리를 흔들며 여유 있게 헤엄치고 있다. 수족관 안에 설치된 형광등에서 나는 소음인지, 수포를 뿜어내는 모터가 잘못된 것인지 알 수 없다.

  2층에 사는 여자가 나무 계단을 빠르게 내려온다. 지은 지 50년이 넘은 집이라 계단 경사가 가파른데도 균형 감각은 단 한 번도 실수하지 않는다. 앞치마 주머니에 양손을 찌르고 정면을 보면서 탭댄스를 추듯 내려올 때면 곤두박질칠까 봐 조마조

마한 마음으로 지켜보지만 그녀는 안전하게 착지한다.

아들이 유학을 가고 비워 두었던 2층에 여자가 세든 지 몇 달이 지났다. 처음에는 말 상대가 생겨 심심하지 않아 좋았는데 날이 갈수록 흘겨보게 된다. 남편이 있을 때도 거실에서 스타킹을 벗고 다리통을 주무른다든지, 브래지어도 하지 않은 채 몸매가 드러나는 티셔츠를 입고 마당에서 줄넘기를 할 때면 이모라고 생각해서 편히 지내라고 선심 썼던 말을 취소하고 싶어진다. 그러면서도 내 시선은 여자의 동선을 훔쳐본다.

- 아줌마, 이상한 소리 안 들리세요? 수족관이 고장 난 거 같아요.

여자가 수족관 쪽으로 걸어가며 윗입술을 끌어당겨 문다. 여자는 아랫입술보다 윗입술이 더 두껍고 튀어나온 것을 의식해서 입술을 무는 습관이 있다. 여자의 유일한 콤플렉스다. 방울토마토 화분에 물을 주던 나는 스프레이를 내려놓고 수족관으로 걸어간다.

- 제가 왜 이 집에 세 들기로 마음먹었는지 아세요?

여자의 시선은 수족관 벽을 타고 기어오르는 뱀장어에 붙박여 있다.

- 주인아줌마가 미인이라서?

나는 농담이라고 생각하고 곧 웃을 준비를 했는데 여자가 정색을 한다. 스무 살 가까이 나이 차이가 나서인지 나는 여자의 유머를 이해할 수 없을 때가 많았고 그것이 나를 주눅 들게 했다. 이를 극복하기 위한 방법이 시간차 공격이다. 여자가 웃음을 터뜨린 뒤 1초 후에 따라 웃으면 거의 실수하지 않는다.

　– 뱀장어 때문이었다니까요. 뱀장어를 키우는 특이한 집이라면 뭔가 특별한 재미가 있을 거라고 생각했거든요.

　– 그래서, 뭔가 특별한 재미를 찾았어?

　여자가 대답을 않고 경쾌하게 웃는다. 나도 여자를 따라 과장되게 웃는다. 여자는 뱀장어를 홀린 듯이 바라보고 있고, 나는 그런 여자의 옆모습을 바라본다. 뱀장어와 여자의 눈빛은 얼핏 보기에는 은테를 두르고 있어 순해 보이지만 빨려 들 듯 강한 힘이 느껴진다는 점에서 닮았다.

　그날, 뱀장어는 터질 듯 부푼 비닐봉지 속에서 꿈틀대고 있었다. 처음에는 남편의 기묘한 표정 때문에 그 비닐봉지를 치켜들기 전까지는 알지 못했다. 4월에 어울리지 않은 폭우가 쏟아지기 시작했고, 남편은 차에서 내려 현관까지 오는 동안 흠뻑 젖었다. 남편은 머리 꼭대기에서부터 빗물을 뚝뚝 흘리면서도 웃고 있었다. 애써 누르고 있지만 내부에서 들끓고 있는 흥분은 곧 터질 듯 처진 무게로 인해 위태로워 보이는 그 비닐봉지 때문이었다.

친구가 낚시 가서 잡아 온 걸 몇 마리 얻어 왔다고 했다. 남편은 현관문을 붙들고 어정쩡하게 서 있는 나를 제치고 욕실로 급하게 뛰어들었다. 내가 뒤늦게 욕실로 갔을 때, 욕조 안의 뱀장어는 등에서 꼬리로 이어지는 긴 지느러미를 흔들며 몸을 풀고 있었다. 천천히, 폭우가 귀찮다는 듯이.

나는 몸은 밖에 두고 얼굴만 욕실로 들이밀었다. 뱀장어의 미끈미끈한 외피에서 뿜어져 나오는 열기에 몸서리를 치면서도 이상하게 시선을 뗄 수 없었다. 곧 영화 〈양철북〉을 떠올리고 진저리를 쳤다. 수십 마리의 바닷장어들이 죽은 말 머리의 뇌수와 살을 파먹고 통통하게 살이 올라 눈, 코, 입의 뚫린 구멍으로 기어 나오던 장면. 바닷장어가 서로 뒤얽힌 채 20년의 시간을 넘어뜨리고 내 기억 속에서 빠져나오고 있었다.

─두 마리만 구워 먹을까? 군대에 있을 때 고참들한테 지겹게 해다 바쳤거든. 덕분에 남들보다 편히 지냈지만.

내가 미처 대답을 하기도 전에 뱀장어 두 마리가 남편의 엄지와 검지, 검지와 중지 사이에 끼었다. 그의 손가락이 갈퀴처럼 벌어졌다. 목을 잡혀 꼼짝 못 하는 뱀장어의 눈이 섬뜩했다. 곁에 가느다란 은테를 둘러 얼핏 말갛게 느껴지지만 누군가의 살을 파먹고 통통하게 살이 올라 언제라도 내 얼굴의 뚫린 구멍으로 빠져나올 틈을 엿보고 있는 것 같았다. 뱀장어는 나를 슬쩍 노려보더니 남편의 손아귀에서 벗어나려고 기다란 몸체를 뒤틀면서 물방울을 퉁겼다. "비켜, 비켜." 내가 멀찍이 비켜서 있는데도 남편은 소리치면서 주방으로 달려갔다. 뱀장어의 끈끈한 열기가 남편의 어디를 휘감은 것일까. 빗물을 뚝뚝 흘리면서도 웃고 있었다든지, 욕실 슬리퍼도 신지 않은 채 욕실로 뛰어든다든지, 목소리의 톤이 높아진 것은 급한 성격의 그가 흥분 상태에 빠진 것을 보여 주었다.

뾰족한 젓가락을 가져오라고 하더니 남편은 도마에 젓가락을 꽂은 뒤 뱀장어의 머리에 십자 모양의 칼집을 넣었다. 뱀장어가 믿을 수 없다는 표정으로 나를 올려다본 것도 잠시, 순식간에 젓가락 끝에 머리통이 꽂혔다. "이렇게 하지 않으면 요동을 쳐서 뼈를 바를 수가 없어." 그는 날이 얇은 칼로 흑갈색의 껍질을 벗겼다. 그 모습은 허밍을 하는 것처럼 경쾌했다. 머리쪽에서부터 껍질이 밀린 자리에는 송골송골 피가 배어났다. 그는 껍질이 벗겨진 채로 조금씩 꿈틀거리는 벌건 몸통을 세로로 길게 칼집을 넣어 갈라서 편 뒤에 미리 달궈 놓은 석쇠에 올렸다. 살점이 지글지글 끓으면서 석쇠 아래로 떨어진 기름이 가스불에 옮겨 붙어 주방은 뿌연 연기로 숨쉬기 힘들었다.

그는 양념장과 기름이 뒤섞여 번들거리는 입술을 훔치며 나에게 한 토막을 디밀었다. 나는 손을 내저으며 뒷걸음질 쳤다. 살 토막 어딘가에 감춰진 탐욕스러운 뱀장어의 눈이 식도를 타고 내려가서 혈관을 넘실거리며 떠다닐 것 같았다. "오랜만에 포식했네." 남편은 흡족한 표정을 짓더니 주방의 연기가 다 빠지기도 전에 골방으로 들어갔다. 그는 묵은 먼지가 쌓인 수족관을 꺼내 정성껏 닦은 뒤 수산 시장에서 뱀장어를 사다가 풀어 놓았다. 뱀장어를 키우는 집이 어디 있냐고, 더구나 잡아먹으려고 키운다는 게 말이 되냐고 내가 물었다. "먹고 싶을 때 먹는 즉시성이 중요해." 남편이 대답했다. 나는 이해할 수 없었다. 그가 나를 이해 못 하듯이.

수족관에서 사육된 뱀장어는 그가 원할 때마다 손질되어 허기진 식욕을 채워 주었고, 그런 날이면 그는 어김없이 내 안으로 들어오려고 애를 썼다. 뱀장어처럼 유연하게 허리를 놀리면서 파고들수록 망막 뒤쪽에 기포 같은 것들이 새겨지면서 어지러웠다. 거실에서는 뱀장어들이 '스스스, 츠츠츠, 흐르르' 같은 여러 가지 소리를 내며 침실을 엿보았다. "그건 기포 소리라고. 물고기가 어떻게 소리를 내." 내가 움츠러들면 그는 답답하다며 혀를 찼다.

─ 뱀장어는 자웅동체래. 연애나 결혼같이 감정의 끈에 매이지 않아도 한 몸으로 해결하는 구조를 가졌으니 참 편할 거 같아.

― 그게 무슨 말이야?

남편이 급하게 몸을 일으켰다. 침대 시트가 그의 무릎 아래에서 구겨졌다. 아침에 새로 깐 시트였다. 나는 두 손으로 시트의 주름을 깨끗하게 폈다.

― 그런 건 신경 안 써도 돼. 시트는 갈려고 있는 거니까.

남편은 각목처럼 짱짱한 자신의 힘이 무시당했다고 생각했을 것이다. 천장에 달린 타원형의 전등은 어둠 속에서 작은 나룻배처럼 보였다. 나는 그 작은 배에 타려고 두 팔을 버둥거렸지만 여느 때처럼 작은 배는 내 손이 닿기 전에 멀리 떠나 버렸다.

남편의 숨소리가 고르고 탁하게 울리면 거실로 나왔다. 바닥에서 느리게 꿈틀거리는 뱀장어를 향해 밀가루 반죽처럼 생긴 먹이를 뭉쳐서 던져 주었다. 뱀장어는 야행성이다. 깊은 밤일수록 물거품을 일으키며 수족관 밑바닥을 차고 올라와 먹이를 채 갔다.

대문 벨이 울린다. 여자가 서둘러 신발을 꿴다. 베이지 면바지에 폴로셔츠를 입은 남자가 여자 뒤를 따라 거실로 들어선다. 지난번에 놀러 왔던 남자가 아니다. 남자가 나에게 인사를 한 뒤 둘은 계단을 오른다. 남자는 한 손으로는 여자의 허리를 감고 다른 손으로 여자의 귓불을 만지작거린다. 비누 거품이라도 일 것처럼 부드러운 움직임이다. 여자는 자신의 귓불이 연한 붉은 빛으로 달아오르는 것을 아는지 모르는지 남자를 올려다보며 끊임없이 소곤거린다. 두 사람은 바짝 껴안은 채로 계단참을 돌아 올라간다. 아이스댄싱 커플 같다.

나는 그들이 사라진 계단에서 시선을 거둘 수 없다. 높이 올려 묶은 여자의 머리칼을 지나 귓불을 만지작거리던 남자의 손가락이 내 몸 어딘가를 스치기라도 한 듯 꼼짝할 수 없다. 이런 경우 나를 달래 줄 수 있는 곳은 골방뿐이다. 탐식하는 뱀장어의 눈을 피해 수족관과 대각선에 있는 골방으로 들어간다. 골방의 음기를 받고 서식하는 곰팡이와 과일주의 냄새가 가슴 가득 들어찬다. 흡, 숨을 들이켜서 가슴 가득 채운 뒤에야 안도감을 느낀다. 남편이 자신의 허기증을 뱀장어를 통해 해소하듯 내 허기증을 잠재울 수 있는 곳은 골방의 곰팡이 냄새뿐이다. 익숙하다는 것은 신경을 통제할 필요가 없는 것, 자신을 내맡기는 긴장 이완을 의미한다.

해가 어슬핏하게 지면 손에 동전 몇 개와 커다란 양푼을 들고 콩나물 공장으로 갔다. 어둑어둑한 계단을 밟아 지하로 내려가면서 일부러 그 냄새가 좋아서 코를 킁킁대며 맡곤 했다. 친구와 신나게 놀 때 엄마가 심부름을 시킨 적도 많았지만 귀찮다고 생각해 본 적은 없었다. 또래 친구들이 의사나 선생님이 되고 싶을 때 나는 콩나물 공장 사장이 되고 싶었다. 얇은 베니어합판으로 만들어진 쪽문을 밀면 신발주머니 속처럼 어둡고 깊은 계단에서 끼치는 서늘하고 축축한 느낌이 좋았다. 지금 생각해 보면 엄마가 준 심부름값을 모아 친구들과 과자나 하드를 사 먹는 쏠쏠한 보상 때문에 좋아했는지도 몰랐다.

어둠에 눈이 채 익숙해지기 전에 고무줄의 탄성으로 닫힌 쪽문을 돌아보고 벽을 더듬어 계단을 내려갔다. 그러면 뜨거운 태양과 빗물을 받아먹고 자라는, 다른 생물과는 전혀 다른 원리로 생장하는 콩나물이 어두컴컴한 곳에서 자라고 있었다. 이 집을 처음 보러 와서 잡동사니로 가득 쌓인 골방에 머리를 수그리고 들어갔을 때 몸속에서 소용돌이치는 기운을 느낄 수 있었다. 어린 시절 좋아했던 이 냄새는 잊었던 감각을 흔들어 깨웠다. 남편은 내가 가계약도 하지 않고 그날로 중도금을 치르자고 하는 것을 이해하지 못했다.

뱀장어와 과일주. 아무리 생각해도 어울리지 않는 조합이다. 2층 여자는 뱀장어를 키우는 특이한 집이라고 했지만 아마 골방 선반 가득 늘어선 과일주를 본다면 정말 특이하다고 감탄할지 모른다. 이 집에서 여자가 발을 들이지 않은 유일한 곳이기도 하다.

백열등 스위치를 누르자 다양한 크기의 병들이 형체를 드러낸다. 자신과 똑같은 색의 액체 속에 떠 있던 과일들이 갑작스러운 불빛에 깨어난다. 과피를 허물고 나와 알코올과 시간에 의해 삭혀진 즙은 두 평 남짓한 세모꼴의 골방에서 묘한 향을 우린다. 소화를 도와주는 매실주, 살이 물러 2~3일 후면 과육을 건져야 하는 복숭아주, 유리컵 가장자리에 소금을 바르고 마시면 독특한 맛을 느낄 수 있는 토마토주. 옹기종기 샘 많은 자매들의 모습이다.

오늘쯤 체리주가 당번일 텐데. 체리주는 남편이 제일 좋아하는 술이다. 맛이 뛰어난 게 있는가 하면 색이 예쁜 게 있고 향으로 마시는 게 있는데 체리주는 향, 색, 미를 다 갖춘 드문 술이다.

체리주에 붙은 라벨을 확인한다. 오늘이 걸러야 하는 날이다. 과일주는 걸러 내는 시기가 중요하다. 오래된 친구라고 해서 좋은 친구가 아닌 것처럼 오래 묵힌다고 해서 좋은 술이 되는 건 아니다. 적당한 시기를 놓치게 되면 과육이 풀어져서 탁해지거나 시어진다. 깔끔하면서도 혀에 감기는 맛을 낼 수 없다.

체리주를 들고 골방을 나서려다 멈춘다. 어디선가 말소리가 들린다. 소리의 출처를 찾아 두리번거린다. 골방에 그런 소리가 들릴 만한 곳은 없다. 여기저기 귀를 대 보다가 보일러관에서 멈춘다. 2층까지 연결된 보일러관을 통해 희미한 말소리가 울린다. 2층 여자의 웃음과 남자의 저음, 제목을 알 수 없는 음악 소리가 들린다. 잠시 조용하다가 둘이서 무슨 장난을 치는지 여자의 숨넘어가는 웃음소리가 이어진다. 남녀의 서로 다른 톤의 속삭임이 뒤엉켜서 내 귀의 물음표를 간질인다. 한 손에 체리주를 들고 허리를 구부린, 불편한 채로 한참을 엿들으니 어깨가 결려 온다. 말소리가 잠시 끊기고 두 사람이 계단을 내려오는 소리가 들린다. 나는 재빨리 거실로 나온다.

세일러복을 입은 여자는 머리를 양 갈래로 높이 올려 묶고, 무릎까지 오는 헐렁한 루즈삭스를 신었다. 요술 지팡이만 들었다면 만화 주인공과 똑같은 차림이다. 2층 여자가 원래 꿈꾸었던 것은 코디네이터였다. 연예인들에게 예쁜 옷을 폼 나게 입히는 것이 꿈이었지만 지금은 내레이터이다. "툭 하면 맘에 드네, 안 드네, 갑질에 눈치 보는 것도 지겨워 그만뒀어요"라고 말했다. 그녀의 패션 감각은 매장 콘셉트에 맞게 옷을 갖춰 입는 것으로 발휘되었다.

서로의 신발을 챙겨 주느라 현관에서 작은 소란이 있은 뒤 두 사람의 웃음소리가 점점 멀어진다. 둘이 떠나는 걸 확인하려고 거실 유리창으로 달려갔지만 요란하게 닫히는 대문이 두 사람을 삼켜 버린 뒤다. 나는 현관문이 제대로 잠겼는지 다시 확인한다. 지난번에는 그녀가 파우치를 놓고 갔다고 집으로 되돌아오는 바람에 그녀의 방에서 들킨 적이 있다. 그 뒤로는 반드시 현관문을 걸고 움직인다. 최대한 발소리를 죽였지만 한 걸음 디딜 때마다 오래된 나무 계단에서 삐걱거리는 소리가 요란하다. 그들이 아이스댄싱 커플처럼 껴안고 돌았던 계단참에서 뒤돌아본다. 웅웅웅……, 숨소리마저 죽인 계단 경사의 빈자리에는 수족관에서 울리는 소음이 메우고 있다. 계단 입구에 가지런히 벗어 놓은 내 슬리퍼가 아득하다. 아주 오래전부터 그 자리에 놓여 있었던 것 같다.

여자의 방이 서서히 모습을 드러낸다. 마지막 계단을 디뎠을 때 눈이 부셔 팔로 얼굴을 가린다. 방 창문으로 햇살이 비춰 들어 커튼의 콜라 뚜껑만 한 빨간 꽃이 눈으로 쏟아져 들어온다. 침대 커버도 커튼과 한 세트이다. 옷장과 책상이 전부였던 아들 방은 여자가 들어오면서 빨간 꽃과 향수로 화려하게 바뀌었다. 침대 옆에 설치된 미니 오디오에서 노래가 흘러나온다. 내 발걸음은 힘을 얻고 당당해진다. "이것 좀 봐. 이렇게 덤벙댄다니깐. 이러고도 전기세 많이 나온다고 투덜대지." 나는 주인 행세하는 아줌마가 돼서 그녀가 옆에 있기라도 하듯 큰소리로 야단을 친다. 여자가 외출하고 나면 나는 2층으로 올라온다. 전깃불을 끄지 않았든지, 화장실 수도를 잠그지 않았든지 여자가 외출하는 횟수만큼 이 방에 들어올 이유가 반드시 생긴다. 이런 정당

한 이유로 그녀의 방에 들어오면 물건을 탐색한다.

콘솔 위에는 색색의 화장품과 향수병들로 빈틈이 없다. 침대 머릿장에는 통신판매 회사의 로고가 붙어 있는 콘돔 상자가 들어 있다. 어제의 숫자보다 하나가 더 줄었다. 여자가 입고 있던 테디베어 앞치마는 3단 서랍장의 맨 위 칸에 들어 있던 것이다. 그것 말고 만화 캐릭터 앞치마가 두 개 더 있다. 전부 무릎보다 짧은 길이의 것들이다. 애벌레처럼 말린 팬티와 브래지어는 그 아래 칸에 들어 있다. 매일 하나씩 갈아입는다는 무지개 팬티 외에 T 자 팬티까지 온갖 종류가 진열되어 있다.

마지막 서랍을 열 때마다 긴장한다. 손목에 힘을 빼고 서랍을 천천히 잡아당긴다. 복잡한 구조물처럼 보이는 빨강과 검정의 가터벨트에 머문다. 귀를 거울에 바짝 들이댄다. 귓바퀴 안쪽은 섬세하게 조각된 물음표 모양이다. 남자가 2층 여자에게 했던 것처럼 물음표를 거쳐 도톰한 귓불에 이르기까지 눈을 감고 부드럽게 쓰다듬는다. 손놀림을 빨리 해 보지만 조금 전에 엿보았던, 여자의 귓속에 고였을 법한 비누 거품 같은 것은 일지 않는다. 귀가 먹먹하게 울릴 뿐이다. 손은 귓불에서 목덜미로, 함부로 옮겨 간다. 눈을 감아 보이지 않는다는 핑계가 나를 용감하게 만든 거지만 눈을 뜨고 거울에 담긴 홍조 띤 내 모습을 보는 순간 동작을 멈추고 고개를 숙인다. 침대에 비스듬히

누운 내 모습이 전신 거울에 비친다. 한 올 흐트러짐 없는 단발생머리에 핏기 없이 얇은 입술을 가진 한 여자가 있다. 몸무게는 변함이 없는데도 해마다 볼이 패였고, 티셔츠 안의 목주름이 선명해졌다. 부끄러움으로 얼굴이 달아오른다.

2층 여자는 내가 센베이 같다고 했다. 버터쿠키나 초콜릿의 강한 맛에 길들여진 여자에게 아빠가 가끔 사 오는 밋밋한 맛의 센베이는 매력적이지 않았다. "근데 이상하죠? 아무것도 먹을 게 없을 때 비어 있는 센베이 통을 보면 너무 안타까운 마음이 드는 거예요. 있을 때는 거들떠보지도 않던 건데요. 그러다가 잊을 만하면 또 아빠가 사 오고, 그땐 손도 안 대고. 그런 식이었어요."

과일주 담을 과일을 사러 농수산물 시장에 갈 때 여자를 조수석에 태운 적이 있다. 거기까지 말을 마쳤을 때 여자가 내려야 할 전철역에 도착하는 바람에 이유를 듣지 못했다. 왜 내가 센베이 같다고 했을까. "제가 그런 말을 했었나요?" 손사래를 치며 웃으면 나만 바보가 될 것 같아서 다시 물어 보지 못했다.

일어나야지. 체리주도 걸러야 하고, 수족관에서 왜 소음이 나는지 기사에게 전화도 넣어야 하고. 하지만 나는 꼼짝할 수 없다. 푹신한 침대 속에 갈고리가 들어 있어서 끌어당기는 것처럼 몸이 깊이 가라앉는다. 2층 창으로 들어오는 빨간 꽃 햇살에 감긴 눈을 뜨려고 애를 쓰면서 일어나야지, 일어나야지 할수록 잠이 쏟아진다. 어느 순간 목이 좁은 병 속으로 허우적거리며 빠져든다.

\\\\

남편은 마당에서 퍼팅 연습을 하고 있다. 그는 쉰 살이 넘은 뒤에도 골프를 칠 형편이 안 될까 봐 조바심을 냈다. 다행히 사업은 목표했던 기간보다 일찍 자리를 잡았다. 테일러메이드 골프채 풀 세트를 사 온 날에는 천장에서 골프공이 오락가락한다면서 일찍 잠들지 못했다. 레슨도 시작하기 전이었다. 인도어 레슨은 물론이고 집에서도 틈만 나면 스윙을 하다가 의사로부터 갈비뼈에 금이 갔으니 당분간 쉬는 게 좋겠다는 처방을 받았다. "뼈 붙이는 순간접착제 같은 거 없나?" 필드 구경을 못 한 골프채를 안타깝게 쓰다듬으며 했던 말이다.

남편은 홀컵의 위치를 신중하게 가늠하다가 공을 가볍게 친다. 홀컵으로 공이 빨려 들어가자 보기 좋게 그을린 얼굴이 활짝 펴진다. 남편은 샤워가 끝나면 체리주를 찾을 것이다. 나는 손잡이가 달린 삼각뿔 유리컵에 검시럽과 탄산수를 넣은 뒤 체리주를 따르고 얼음을 띄운다. 남편은 젖은 머리칼을 손으로 털며 단숨에 원샷을 한다.

– 이제 고집 그만 피우고 당신도 골프 시작해. 부부 동반 라운딩을 거절하는 것도 한두 번이지.

부부 골프 모임이 있을 때마다 남편은 골프를 배우라고 성화를 댔고, 나는 그가 뱀장어 살점을 집어 주었을 때처럼 고개를 저었다. 남편이 양지에서 구슬땀을 흘리며 싱글을 향해 매진할 때 나는 골방에서 곰팡이 냄새를 즐기면서 술을 담갔다. 알코올에 묻어난 독특한 과일 향과 골방의 곰팡이 냄새와의 조합을 홀인의 흥분과 바꾸고 싶지 않았다. 남편은 그만의 밝은 곳으로 갈 것이다. 그곳에서 땀과 햇빛으로 잘 영근 과일을 거둘 것이고 그가 생산해 낸 과일로 나는 어두컴컴한 골방에서 술과 곰팡이 냄새를 자양분으로 살아갈 것이다.

현관문이 열리고 2층 여자가 불퉁거리며 들어선다. 여전히 세일러문 차림이다. 마스카라가 번져서 눈가가 얼룩덜룩하다. 남편이 위아래를 훑는다.

– 호프집 개업이라며 벌써 와?

– 주인아줌마하고 싸워서 와 버렸어요. 저더러 손님 옆에 앉아서 술을 따르라는 거 있죠?

– 저런, 그래서 운 거야? 체리주 새로 내렸는데 한잔하고 기

분 풀어.

  – 아니에요. 좀 쉴래요.

여자가 말끝을 흐리고 계단을 올라간다. 걸을 때마다 엉덩이와 따로 뒤틀리는 허리가 유연하다. 여자는 슬리퍼 바닥을 마지막으로 보여 주고 흔적 없이 사라졌지만 끈끈한 진액 같은 열기가 희미하게 거실에 남아 있다. 남편은 소파 깊숙이 몸을 접으면서 유리잔 밑바닥에 조금 남은 체리주를 아쉬운 듯이 들여다본다.

수족관에서 나는 소음을 어떻게 해야 하는지의 문제와 유학 간 아들이 아직 안정이 안 됐는지 전화해서 울더라는 이야기를 했지만 남편은 계속 리모컨으로 채널을 돌리는 데 열중해 있다. 외국 기업과의 제휴를 계기로 시작한 영어 회화 프로그램이 지나가고, 드라마로서는 유일하게 즐겨 보는 고려시대 배경의 사극이 지나가고, 어떤 경우에도 놓치지 않는 PGA 빅 매치가 넘어가는데도 채널 사냥은 끝나지 않는다. 시선도 굳이 텔레비전이라고 할 수 없는, 그 위에 놓인 도자기 인형에 박혀 있다. 그런 남편을 보자 유연하게 허리를 틀며 계단을 올라가던 여자의 뒷모습이 어른거린다.

다용도실에서 세탁 종료를 알리는 벨이 울린다. 2층 여자가 빨래를 돌려 놓고 올라갔는데 끝난 모양이다. 옷들이 서로의 몸을 얽은 채 둥근 세탁조에 붙어 있다. 헹굼과 탈수가 반복되면서 조금씩 올이 엉성해지고 색을 잃어버린 옷과 아직 선명한 색을 유지하고 있는 옷이 뒤엉켜 얼룩덜룩하다. 덩어리진 옷가지를 풀어서 세탁기 옆에 걸쳐 놓는데 옷 사이에 끼어 있던 뭔가가 툭, 떨어진다. 남자 팬티다. 탈수되어 아이의 것처럼 조그맣게 쪼그라든 팬티가 무력해 보인다. 세탁기의 원심력이 힘마저 분리시켜 버린 모양이다. 털어 보니 짙은 청색에 흰 줄이 사선으로 들어간 디자인이다. 남편 것과 똑같은 디자인의 똑같은 상표이다. 바이올렛 향의 섬유유연제를 어느 마트에서나 팔듯이 사선 무늬 100 사이즈 팬티를 여자의 남자 친구가 입지 말란 법이 없지만 기분이 이상해진다. 건조대에 옷을 하나씩 털어서 넌다. 다용도실은 바이올렛 섬유유연제 향으로 가득하다.

남편은 퍼팅 연습만으로는 성이 안 차는지 헬스 가방을 챙긴다. 마당 잔디 사이에 깔린 포석을 밟고 사라지는 남편의 뒷모습으로 하늘이 깊게 내려와 있다. 지난밤 내린 비로 감나무 잎이 절반 이상 떨어졌지만 봄처럼 따뜻한 날씨가 계속 이어지고 있다. 수족관 소음이 커질수록 내 마음도 자리를 잡지 못하고 서성인다. 마트에 가서 장이나 봐야겠다고 나오고 보니 빈손이다. 양말도 신지 않은 슬리퍼 차림에 지갑도 없다. 주택단지 끝에 있는 재래시장 순례를 시작한다. 전부 합해 봐야 소고기 한 근 가격도 안 될 이쑤시개나 때수건 같은 잡화를 늘어놓고 파는 할머니, 행거에 걸려 있는 무조건 5천 원 하는 옷들, 호떡 가판대, 여기저기 기웃거리다가 집으로 돌아온다.

남편은 아직 안 들어왔다. 거실도 수족관의 소음만 떠돌 뿐 조용하다. 골방으로 들어가 숨을 크게 들이켜 포자를 흡입한다. 긴 하루 수족관 소음처럼 서성였던 마음이 겨우 진정된다. 복숭아주를 꺼내 유리컵에 가득 따라 마신다. 목구멍을 타고 내려가 알코올이 싸하게 열을 피운다. 술기운이 얼굴과 몸 전체로 퍼지면서 숨소리가 조금씩 커진다. 동그란 백열등이 가루세제와 빈 쇼핑백과 고장 난 토스터기에 쌓여 있는 먼지까지 비추고 있다. "이러는 건 내 잘못이 아니야", 내 중얼거림에 응답하듯 감은 눈 뒤로 기다란 빛의 터널이 열리면서 콩나물 공장을 향해 걸어가는 일곱 살의 내가 잡힌다.

대형 시루에 담긴 콩나물을 배달용 고무 통에 옮기거나 장부를 정리하고 있어야 할 주인아저씨가 보이지 않았다. "아저씨!" 나는 다시 목청을 높여 아저씨를 불렀지만 대답이 없다. 어둠 저쪽에서 형광등 불빛이 희미하게 새어 나왔다. 나는 불빛을 향해 발을 내딛었다. 콩나물시루에서 떨어지는 물방울 소리와 내 발자국 소리만이 울리는 조용한 통로를 지나 모퉁이를 돌아서 굳게 닫힌 쪽방 문을 잡아당겼다. 환한 불빛 아래 놓인 장면. 이 자리에서 벗어나야 한다고 생각하면서도 몸이 움직여지지 않았다.

그 장면은 일곱 번째 징검다리를 조심스럽게 건너고 있던 나를 등 뒤에서 떠밀었다. 내가 할 수 있는 건 그 자리에서 도망치는 일뿐이었다. 나는 벌떡 일어나 나를 쏘아보던 아저씨의 눈빛을 피해서 슬리퍼가 미끄러질까 봐 안간힘을 쓰면서 달리다가 3단 높이로 쌓여 있는 콩나물시루를 건드렸다. 잠깐 뒤를 돌아보았을 때 쓰러진 시루에서 쏟아진 콩나물이 압핀처럼 흩어져 있었다.

다시는 오지 못할 콩나물 공장. 곰팡이 냄새의 흔적을 지금부터는 깨끗이 잊어야지. 들어갈 때와 똑같이 베니어합판을 밀고 밖으로 나오자 초저녁의 세상은 아무 일 없었던 듯 조용했다. 이후 콩나물 심부름을 거부하는 나에게 엄마는 회초리를 들었다. 엄마는 미운 일곱 살이라더니 반항한다고, 이유를 말할 때까지 때리겠다고 했다. 나는 끝까지 말하지 않았다. "내 잘못 아니야", 울면서 이 말만 되풀이했다. "이래도 심부름 안 할 거야?" 점점 힘이 실리는 엄마의 매질에 "나, 잘, 못, 없, 어", 토막난 비명을 질렀다. 그때 엄마에게 털어 놓았으면 괜찮았을까. 지금과 달라졌을까.

딱, 딱, 딱. 술기운이 올라 환상처럼 들떠 있을 때 차돌이 부딪히는 소리가 들린다. 강약을 달리하여 울리는 그 소리는 조용한 골방 안에서 둔탁하게 퍼진다. 나는 몸을 일으켜 보일러관에 귀를 댄다. 여자의 허밍과 차돌 부딪히는 소리가 섞여 들린다. 장식장이 달린 침대는 삐걱거리는 소리가 나서 좋지 않다던 남편의 말과 서랍이 달려 있던 2층 여자의 침대가 겹쳐 떠오른다. '여러 겹의 파이, 그 안 어딘가에 숨어 있는 건포도를 찾듯이 나는 내 안의 욕망을 찾는 숨바꼭질을 멈추지 않을 것이다.' '욕망은 마우스이다. 클릭 몇 번으로 상대의 몸에 부팅되니까.' 여자의 일기장에 적혀 있던 글이다.

불을 켜지 않은 거실은 수족관의 푸른빛과 소음만 불안한 듯 서성이고 있다. 뱀장어는 아침보다 더 커진 소음에도 불구하고 여전히 안전하다. 꼬리로 장난치면서 헤엄치고 있다. 은테를 두른 탐욕스러운 눈빛은 나를 비웃는 것처럼 보인다. 나는 수초를 헤치고 뱀장어 한 마리를 집어 올린다. 차갑고 미끈거리는 감촉 때문에 손목에 힘을 준다. 양손에 한 마리씩 나눠 잡고 다용도실로 들어간다. 수분이 날아간 팬티는 제 모습을 찾아 당당하게 걸려 있다. 섬유유연제 향이 채 가시지 않은 세탁기 안에 뱀장어를 집어넣고 다시 거실로 나온다. 수족관에 손을 집어넣자 나머지 한 마리가 눈치 빠르게 몸을 비틀면서 도망친다. 구석에서 잡힌 뱀장어가 몸통을 급하게 비튼다. 그 바람에 사방으로 물방울이 후두두 뛴다. 나는 양손에 더욱 힘을 주어 세게 움켜쥐고 달려가 세탁기에 내던진다. 둥근 세탁조를 타고 오르는 뱀장어가 나를 노려본다. 난, 잘, 못, 없, 어. 뚜껑을 닫고 탈수 버튼을 누른다.

도
시
의

벤
치

그녀는 태양을 따라 이곳으로 왔다. 살은 코브라의 표피처럼 태양을 흡수한다. 그녀는 가끔 떠나온 곳을 기억한다. 아니, 자주 기억한다. 떠나고 싶었던 그곳을 떠나오자마자 그리워한다. 그곳으로부터 멀어질수록, 그곳과 전혀 다른 곳일수록, 그곳의 기억은 선명해진다.

기억만이 살아 있다. 기억 속에서만 살아 있다. 흘러가는 구름, 투명한 공기, 맨살을 스치고 지나가는 바람. 빗물을 받고, 몸을 흔드는 나뭇잎들, 숲을 물들인 어둠. 그 고요함 속에 정물로 누워 있는 그녀는 오직 기억 속에서만 존재한다.

볕이 따뜻하다. 벤치에 똑바로 누워 하늘을 본다. 뿌옇다. 뿌연 대기를 뚫고 내리꽂히는 태양의 힘이 놀랍다. 이 벤치는 그녀 전용이다. 이 작은 공원에 모두 열한 개의 벤치가 있다. 열한 개의 벤치에 다 누워 봤다. 똑바로도 누워 보고 모로도 누워 봤다. 이 벤치가 제일 몸에 착 붙었다. 왜 그런지는 그녀도 모른다. 똑같은 곳에서 만들어져 똑같은 날 이 공원에 설치되었을 텐데. 일조량 탓인지, 사람들에게 길든 탓인지, 이 벤치에 누웠을 때 이 벤치만이 그녀의 몸을 지그시 받아 주는 느낌이었다. 이 벤치가 화장실도 가깝다. 오줌이 마려울 때 화장실이 가깝다는 건, 무숙을 겪지 않은 사람은 모르는 절대적인 장점이다.

그녀는 아주 어렸을 때 〈무숙자〉라는 영화를 봤다. 주인공이 클린트 이스트우드였나. 아무튼 그때는 서부영화 하면 무조건 클린트 이스트우드가 최고였다. 그녀는 흑석동에 놀러 갔었다. 작은아버지가 흑석동 시장에서 닭 장사를 하고 있었다. 닭 가게에 달린 쪽방에 그녀의 작은아버지, 작은어머니, 사촌 오빠와 사촌 여동생 둘, 다섯 식구가 살았다.

그녀는 아침이면 닭들의 꾸꾸거리는 소리에 잠을 깨서 쪽방을 내다보곤 했다. 쪽 유리를 통해 내다본 닭 가게의 닭 창살과 거기에 갇힌 닭의 모습이 아직도 생생하다. 아침이면 음식 솜씨가 좋은 작은어머니가 끓여 내온 닭 내장탕(그때 이후로 먹어 본 적이 없다)에 밥을 말아 먹고 현충사로 놀러 갔다. 끝없이 묘비석이 이어져 있었다. 그녀는 사촌들과 그 사이를 걸으며 한 사람씩 묘비명을 소리 내 읽었다. 봄이면 벚꽃이, 가을이면 색색으로 물든 벚나무잎이 묘비 위에 수북이 쌓여 있었다. 그 묘비석을 사이에 두고 술래잡기를 하기도 했다. 이름 모를 전사자의 묘비 뒤에 웅크리고 숨어 술래한테 안 걸리게 해 달라고 빌었다. 그때는 그게 제일 간절한 소원이었다.

그녀는 어느 날 영화 〈무숙자〉를 명수대 영화관에서 사촌 오빠와 봤다. 내용은 기억이 나지 않지만 무숙자라는 뜻을 사촌 오빠가 알려 줬다. 영화에서 무숙자는 멋있다고 생각했다. 노숙자 대신 무숙자로 불러 주면 어떨까. 길에서 잔다는 것이나 집이 없다는 것이나 같은 뜻이니까. 어느 곳에서나 잘 수 있다면 어느 곳에서도 잘 수 없다는 말이다. 어느 곳에서나 안식을 취할 수 있다면 어느 곳에서도 안식을 취할 수 없다는 말이다.

볕이 미소 짓는다. 해는 온기로 존재를 보여 준다. 그녀도 따라 미소 짓는다. 겨울이 매일 밤 조금씩 접근하는 게 느껴진다. 바람도 제법 사나워진다. 겨울도, 바람도, 어둠도 자기 길을 가는 것뿐이다. 길 위에서 타인을 스치듯 겨울도, 어둠도, 바람도 스치는 것이다.

겨울밤, 바람을 만날 때, 먼저 가라고 잠시 그들의 길을 비켜
주면 된다. 볕도 제 길을 가다 잠시 그녀의 몸에 머문다. 볕만으
로 많은 상처가 치료될 수 있음을 사람들은 모른다. 멍은 이제
거의 보이지 않는다. 울혈은 풀렸다. 근육들이 제자리를 찾아
움직인다.

그녀는 어제 먹고 남은 감자를 꺼낸다. 서울우유도 꺼낸다.
저 멀리 화장실 앞에서 두 남녀가 진하게 입을 맞춘다. 그들은
이 벤치에 한 여자가 누워서 자기들을 지켜보고 있다는 사실을
알지 못한다. 남녀 모두 쉰은 넘어 보인다. 짧게 커트 친 여자의
머리칼 사이로 흰머리가 꽤 보인다. 이 공원의 뒤를 두르고 있
는 낮은 산을 가려는 듯 둘 다 배낭을 메고 있다. 둘은 화장실에
서 나오자마자 부둥켜안고 입을 맞춘다. 두 남녀는 각각 손을
씻으면서 밖에 나가면 입을 맞춰야겠다고 생각했던 걸까, 아니
면 서로 문자를 주고받으며 미리 약속을 한 걸까.

그녀는 남녀에게 누구의 눈에도 들키지 않는 이 숲의 가장
은밀한 장소를 알려 주고 싶었다. 작은 수로의 물을 빨아들여
가장 찬란한 색을 맞춰 낸 단풍잎들 사이, 도토리 떨어지는 소
리에 누군가의 발자국인 양 깜짝 놀라기도 할 것이며, 기억처럼
나뭇잎들 사이로 언뜻 보이는 하늘이며.

키스를 언제 했나, 그녀는 손을 꼽아 본다. 아, 그래. 그때였어. 고개를 흔든다. 나쁜 기억은 나쁜 영혼을 불러온다. 그림자처럼 들러붙어 나쁜 꿈을 꾸게 한다.

이 숲에서는 누구도 욕망을 품어서는 안 될 거 같은, 평온해 보이지만 비가 쏟아지던 날, 천둥번개가 치던 날의 폭력을 그녀는 기억한다.

식물들이 얼마나 폭력적인지, 자신보다 작은 식물은 가차 없이 짓밟아 버린다. 땅에 가까이 붙어사는 식물은 큰 식물에 기생하거나 빛 한 점 보지 못하고 고사되어 버린다. 하물며 육식을 하는 인간에게 폭력은.

좋은 기억을 하자.
좋은 기억은 좋은 영혼을 불러온다.

그녀는 감자를 다 먹고 남은 우유를 마신다. 감자로 만든 음식이라면 다 좋아했다. 폭신하게 삶아진 감자를 으깬 후 마요네즈에 버무려서 수저로 떠먹는 것을 좋아했다. 후추와 소금만 넣은 담백한 감자 샐러드라면 하루 종일 먹어도 좋았다.

수저 뒤통수를 엄지로 눌러 가며 감자를 으깼다. 감자를 으깨는 도구가 있었지만 사용하지 않았다. 뒤집개, 국자와 한 세트인 감자 으깨는 기구는 걸어 두기만 했을 뿐 새것 그대로였다. 한 번의 악력으로 감자가 으깨지는 것을 보면 허탈했다. 다섯 손가락이 하나가 되어 수저의 뒤통수로 누른 설정설정 울퉁불퉁한 감자샐러드가 더 맛있었다. 으깨진 감자에서 풍기는 단내만으로 그녀는 포만감을 느꼈다.

이 감자는 공원 입구에서 배드민턴을 치는 여자가 준 것이다. 그녀가 그 무리를 직접 본 적은 없다. 그들은 그녀의 벤치와는 좀 떨어진 곳에서 배드민턴을 친다. 함성만으로 그들이 오가는 것을 느낄 뿐이다.

그 여자는 '요넥스'라고 새겨진 배드민턴 가방을 매고 있었다. 이 여자가 아침이면 조용한 공원을 남자와 여자의 웃음소리로 소란스럽게 만드는 주인공인지는 알 수 없었다. 그녀는 그때도 똑바로 누워 하늘을 보고 있었다. 이른 아침이라 볕이 따뜻하지 않았지만 그 볕도 좋아했다. 약간 덜 익은 감자처럼 서걱거리는, 여지를 남기는 빛.

하늘이 어두워지면서 얼굴 하나가 나타났다.

"안녕하세요." 한 여자가 그녀를 내려다보면서 인사를 했다. 그녀는 몸을 일으켜 그녀의 인사에 응답하려고 했지만 몸이 말을 듣지 않았다. 차가운 밤기운은 몸을 얼려 놓았다. 그녀는 초면에 예의 없는 사람이 되고 싶지 않아 몸을 조금씩 움직였다. 일단 손가락을 움직였다. 여자는 그런 그녀의 손을 가만히 들여다보더니 "왜요? 뭘 원하세요?" 하고 물었다. 그녀는 초면인 사람에게 뭘 원하는 그런 예의 없는 사람이 아니다. 이번엔 고개를 조금 움직였다. 그런 뜻이 아니라는 의미를 전달하려고 애썼지만 낯선 타인에게 그런 의미가 전달되기란 무척 어려운 일이다.

여자는 대각선으로 앞에 매달려 있던 작은 천 가방을 뒤적이더니 뭔가를 꺼냈다. "이걸 좀 드세요." 여자는 그것을 그녀의 머리 바로 옆에 놔두고 떠나갔다. 여자의 얼굴이 사라진 하늘은 좀 더 밝아졌고 좀 더 부드러워졌다. 그녀는 여자가 떠난 뒤에도 한참을 더 꼼지락거린 뒤에야 몸을 움직일 수 있었다. 비닐봉지에는 감자와 서울우유가 들어 있었다.

비가 오려는지 하늘이 짙은 회색으로 변한다. 가을의 끝에 자주 나타나는 하늘이다. 회색 하늘은 아는 냄새와 함께 온다. 그녀는 이 냄새를 잘 알고 있다. 아주 익숙한 냄새이다. 하루하루 달라지는 냄새의 결도 알고 있다. 비가 오는 냄새이다.

비와 관련된 아끼는 기억을 하나 *끄집어낸다.* 만약 기억이 소모품이라면 아마도 이미 닳아 없어져 버렸을, 힘들 때면 자주 꺼내 들여다보는 기억이다.

그녀의 집에는 많은 형제의 수만큼 우산이 많지 않았다. 찢어진 우산조차 없었다. 언니, 오빠들이 우산을 하나씩 챙겨서 일찍 학교로 떠나고 나면 초등학생인 그녀는 가방을 머리에 쓰고 미친 듯이 달려서 학교를 가고는 했다.

자신만의 우산이 생긴 건 오빠가 사우디 건설 현장에서 막일을 하고 잠시 휴가를 받아 귀국하면서 우산을 선물로 사다 준 이후였다. 비를 혐오했는데 예쁜 우산이 생긴 것만으로 비 오는 날을 지독히 좋아하게 되었다.

클레오파트라가 애완으로 키웠다는 뱀의 꼬리와 비슷한 문양의 손잡이가 있는 그 우산 속은 온전히 그녀만의 사유지였다. 이 공원은 비가 오면 사람들의 그림자조차 사라진다. 이 숲은 온전히 그녀만의 사유지가 된다.

좋은 기억을 하자.

그녀는 매일 기억 속의 단어들을 불러냈다. 우산, 쌀, 책, 반지……. 떠오르는 기억이 좋은 기억일 때도 있고, 나쁜 기억일 때도 있다. 기억이 딸려 나오기 전에는 그것이 좋은 기억인지 나쁜 기억인지 알 수 없다. 그녀를 지탱하던 기억은 환상, 그것은 점점 소멸되어 간다.

빛이 스미는 동안

"안 추우세요?" 여자가 우산을 씌우자 비가 물러나고 짙은 그림자가 드리운다. 여자도 요넥스라고 적힌 배드민턴 가방을 메고 있다. 이 여자가 감자와 우유를 줬던 여자인지는 정확하지 않다. 남자고 여자고 배드민턴을 치는 사람들은 다 요넥스 가방을 메고 다녔다. 여자의 손등에 난 붉은 상처를 보고서야 이 여자가 삶은 감자와 우유를 준 여자라는 사실을 안다. 요넥스의 손등에 있는 검붉은 반원형은 화상흉터일까, 아니면 뭔가에 찍힌 상처일까.

"열이 좀 있는 거 같아요." 요넥스가 상처 난 손으로 그녀의 이마를 짚었다. 폭력의 날 생겼던 이마에 있는 흉터를 만져 보려고 한 것 같았다. 그녀도 요넥스의 상처를 만져 보려 손을 위로 뻗었다. 하지만 손의 감각이 둔해진 것인지 만져지지 않는다. 지난겨울 동상에 걸려 손이 터진 뒤로 감각이 예전만 못하다.

그녀가 요넥스의 상처를 만지려고 허공에서 움직이는 손짓을, 여자는 자신의 손을 쳐 내는 것으로 이해했나 보다. 여자는 "저는 위험한 사람이 아니에요, 안개비라서 혹시나 싶어 나왔는데 운동이 취소되었네요"라는 말을 뿌옇게 변해 세 뼘 밖은 보이지 않는 허공에 시선을 두며 말한다.

"온통 젖었어요." 요넥스가 자신이 쓰고 있던 우산을 벤치 쪽으로 기울인다. 곧 요넥스의 머리가 젖는다. 그녀는 불편하다.

요넥스를 보고 있으면 꿈을 꾸었던 시간이 떠오른다. 이룬 게 없는 희망.

요넥스가 바짝 다가와 그녀의 어깨를 감싸 일으키려다 멈춘다. 그녀는 이제 자신의 눈빛을 알지 못한다. 실제보다 더 늙었을 것이다. 험악하게 변했는지도 모른다. 거울을 본 지가 까마득하다.

요넥스가 우산을 그녀의 얼굴에 씌워 준 뒤 자신은 비를 맞고 걸어간다. 그녀는 고맙다는 말을 하고 싶어서 입을 달싹여 보지만 찬비가 입 근육을 굳혀 버렸다. 비명이라도 질러 돌아보게 하고 싶지만 놀라게 하고 싶지 않아 참는다.

요넥스가 세 뼘 밖으로 사라진다. 뿌옇게 지워진다. 우산을 잡으려고 손을 뻗는데 바람결에 뱅그르르 돌며 벤치에서 떨어진다. 수련이 핀 연못 위 구름다리를 우아한 드레스를 입은 여자가 건너는 그림이다. 안개가 낀 듯, 빛이 부딪쳐 내는 무지개 같은 그림이 비바람에 멀리멀리 사라지는 걸 안타깝게 바라본다.

어쩌다 이곳에 왔는지, 이곳에서 무슨 일이 있었는지. 그녀에게는 나뭇잎을 스치고 지나가는 바람이나 빗방울 같은 것, 그 폭력을 고스란히 받아 내지만 고통의 자국만이 남기고 사라져 가는 것.

삶의 끝은 있지만 시작점은 없다. 태어나는 것조차 시작되는 것은 아니다. 새로운 기억은 통증 위에서만 각인된다.

밤이 되면 이 도시의 배후에 있는 유흥가는 화려한 불을 밝히고 이 공원은 조용히 어둠에 묻힌다. 저 네온사인 속에 살 때의 들끓었던 욕망을 숲이 잠재워 버린다.

밤이 되면 그녀는 조용히 어둠의 은신처에서 기어 나온다. 가장 편한 벤치에 누워 기억의 방을 배회한다. 오로지 꿈만이 그녀와 그녀를 이어 준다. 그녀가 되었어야 하는 것의 늦어 버린 모호한 꿈.

* 페르난도 페소아의 시 〈리스본 재방문〉을 읽고 떠오르는 이미지를 바탕으로 이 소설을 창작했다.

파파의 괘종시계

7월 4일 15:30, 이태원 버거킹

이태원에 가자고 샘슨이 말했다. 이태원이라는 말에 이곳이 미국이 아니라 한국이라는 사실을 새삼 깨달았다. 힙합바지를 엉덩이에 걸치고 어슬렁거리며 부대 안을 걸어 다닐 때는 외국이라는 것을 느낄 수 없었다. 미군부대에서 태어나고 자란 우리에게 미군부대는 어느 나라에 있든지 작은 미국이었다. 나는 주디와 만나기로 약속이 되어 있었지만 싫다는 말을 할 수 없었다. 잭만이 저녁 7시에 열리는 파티 시간 전까지 돌아올 수 있냐고 물었다. 오늘은 미국의 독립 기념일이었다. 케이팝 가수들이 초청되고 불꽃놀이도 한다. 샘슨은 히스패닉, 나는 이탈리안 아빠와 한국인 엄마 혼혈, 잭은 오리지널 한국인이었다. 잭만

케이팝 가수들을 좋아했다.

"파티는 무슨. 화장 벗기면 다들 몬스터 같은 한국 여자애들 꺼지라고 해." 샘슨의 결정에 우리는 이태원으로 향했다. 좁은 도로를 사이에 두고 늘어선 플라타너스는 빽빽이 들어찬 자동차의 매연에 축 늘어져 있었다. 부대 안보다 3도 정도 높은 지열에서 뿜어져 나오는 열기만이 이 도시가 미니어처가 아니라는 것을 깨닫게 해 주었다. 우리는 옷 가게가 늘어선 이태원 시장을 지나 버거킹으로 들어갔다.

잭이 버거 세트를 주문할 동안 우리는 샘슨의 애피타이저를 구경했다. 식사 전에 마땅히 할 일 없을 때 잭나이프를 손가락 사이로 이동시키는 눈요기였다. 칼날 양쪽이 톱니로 되어 있는 그 칼은 히스패닉의 전설적인 갱단 '노르텍'에서 일원의 징표로 받은 것이라고 샘슨이 분신처럼 가지고 다니는 칼이었다.

잭이 버거 세트 세 개를 받아 와 테이블에 놓더니 샘슨의 팔목을 잡았다. "칼 좀 빌려 줘." 잭나이프가 아슬아슬하게 샘슨의 가운뎃손가락에서 멈췄다. 이제까지 샘슨의 애피타이저를 망치는 녀석은 없었다. 잭의 눈은 이미 마약에 풀려 있었다. 하긴, 약을 안 했다면 샘슨의 얼굴도 똑바로 못 쳐다볼 쥐새끼였다. 중학교 때 미국 유학을 갔다가 적응에 실패하고 마약하는 게 걸려 한국으로 강제로 추방당했다. 그러다가 잭은 미군부대

근처를 어슬렁거리던 차에 샘슨의 눈에 띄었다. 나는 정규 멤버가 아닌 잭이 은근슬쩍 이 모임에 끼어드는 게 마음에 들지 않았지만, 샘슨 입장에서는 지저분한 일을 처리해 주고 물주 역할을 하는 잭을 마다할 이유가 없었다. 약만 물려 주면 시키는 대로 말 잘 듣는 조용한 애였다.

샘슨은 잭이 하는 꼴을 지켜보겠다는 듯이 비웃으며 잭나이프를 건네주었다. 잭은 샘슨의 눈치를 보며 그걸로 햄버거를 자르려고 했지만 샘슨의 손이 더 빨랐다. 칼이 버거의 표면에 닿기도 전에 샘슨이 잭의 따귀를 갈겼다. "이 칼은 햄버거나 자르라고 있는 게 아냐."

샘슨의 콧수염이 실룩였다. 내 눈에는 콧수염이 아니라 칼자국이 실룩이는 것처럼 보였다. 샘슨이 자신의 용맹을 보여 주려고 잭나이프로 입술에서 인중까지 대각선으로 그어 생긴 흉터였다. 지금은 콧수염을 길러 흉터는 보이지 않았지만 칼날에 살갗이 베어 피가 뚝뚝 떨어지던 순간은 충격이었다.

한국에 처음 들어왔을 때 친구도 없고, 심심해서 부대 안에 있는 드래곤호텔 수영장을 자주 다녔다. 수영 클럽의 선수였던 하트만을 만나 친해지면서 하트만의 추천으로 이 모임에 낄 수 있었다. 하트만은 아빠를 따라서 일본으로 떠났지만 나는 계속 모임의 멤버로 남았다. 텃세에 휘둘리지 않고 편히 지낼 수 있던 건 샘슨 덕이었다.

넋이 나간 표정으로 햄버거를 입에 쑤셔 넣고 있는 잭의 뺨은 샘슨의 손자국으로 벌겋게 부풀어 올랐다. 나도 햄버거를 열심히 먹는 척했지만 귀는 샘슨을 향해 열려 있었다. 질문을 할 때 제대로 대답을 하지 못하면 한 주는 고생을 해야 한다. 샘슨과 잭 사이에서 흘렀던 긴장감 때문인지 햄버거를 다 먹기도 전에 속이 부글부글 끓었다. 화장실에 다녀오겠다고 자리에서 일어났다. 변기 물을 내리려고 할 때였다. "꺼지라고 해. 남은 것들은 깨끗이 죽여 버려." 샘슨이 흑인 래퍼 '찰스'의 〈Get out here〉을 흉내 내서 따라 부르고 있었다. "이 칼은 햄버거나 자르라고 있는 게 아니야. 내가 재미있는 거 보여 줄게. 똑똑히 잘 봐 두라고."

동시에 남자의 비명이 들렸다. 동시에, 라고 했지만 샘슨의 똑똑히 잘 봐 두라는 말을 듣고 귀를 기울였는데 남자의 비명이 들렸는지, 비명을 들은 뒤에 똑똑히 잘 봐 두라는 찰스를 흉내 낸 샘슨의 노래를 들었는지 모르겠다. 남자의 억눌린 성대에서 힘겹게 새어 나오는 비명을 들으면서, 잭나이프의 톱니 칼날을 떠올렸던 것도 아득하기만 한 지금으로서는 어느 것도 정확하지가 않다. 아무리 기억을 되돌려 봐도 샘슨의 목소리와 남자의 비명과 톱날이 남자의 목살을 파고드는 연상이 뒤섞여 끔찍하게 괴롭혔다. 수사관들이 중요한 단서라면서 그 부분을 집중적으로 추궁했을 때 내 뇌는 방어기제를 발휘해 기억을 뒤죽박죽 섞어 놓았을 것이다.

내가 화장실을 박차고 나왔을 때 이미 한 남자가 화장실 바닥에 널브러져 있었다. 몸 밖으로 흘러나온 순간 피가 굳기 시작했는지 흰색 타일에 피가 고여 있었다. 영화에서 흥분을 돋궈주던 선홍색이 아니라 상한 딸기 시럽처럼 검붉었다. 허공에 퍼진 피 비린내에 토할 것 같았다. 샘슨과 잭은 쓰러진 남자를 사이에 두고 겁에 질린 얼굴을 하고 서 있었다. 그 모습에서는 거만한 샘슨의 얼굴을 떠올릴 수 없었다. 나는 아무 말도 나오지 않았다. 그냥 멍청하게 서서 시신을 내려다보기만 했다. 누군가 화장실로 들어오다가 이 처참한 광경을 보고 비명을 질렀던 것 같다. 눌린 성대를 비집고 나오던 남자와 달리 버거킹 전체가 우렁우렁하게 울릴 정도로 탁 트인 비명이었다. 순식간에 사람들이 몰려와 어깨 너머를 기웃거렸다. 그 사이로 얼핏 샘슨의 얼굴을 본 것 같았다. 곧 이어 경찰차의 사이렌 소리를 들었다.

7월 4일 18:10, 강당 뒤

– 잭은?

내 질문에 샘슨은 대답도 않고 계속 침만 뱉었다. 엑스터시를 맞고 난 뒤의 습관이다. 강당에서 흘러나오는 시끄러운 드럼 소리와 현란한 사이키 조명도 이곳에는 미치지 못했다. 빗물에 얼룩진 강당 뒤의 그늘 사이로 잡풀이 빼곡하게 돋았다.

－침대 밑에서 부들부들 떨고 있겠지. 젠장 할 잭 녀석이 재미있는 거 보여 준다면서 내 바지 뒷주머니에서 칼을 빼앗아 갔다고. 약에 취해서 말릴 틈도 없었어. 정신없이 찌른 다음 내게 준 거야.

지금 무슨 소리를 하고 있는 것인가. "재미있는 거 보여 줄게"라고 했던 목소리는 분명 샘슨이었다. 그리고 햄버거를 자르겠다고 칼을 가져갔다가 벌겋게 달아오를 정도로 따귀를 맞은 잭이 샘슨의 뒷주머니에서 다시 잭나이프를 빼 들었다는 것은 있을 수 없는 일이다.

부대에서 학교를 다니는 애들이라면 잭이 사람을 죽였다는 말은 아무도 믿지 않을 것이다. 샘슨은 이미 미국에서 히스패닉 애들과 몰려다니면서 사고를 많이 쳤다고 들었다. 그걸 자랑스러워했다. 하지만 잭은 허풍만 셌지 겁쟁이였다. 약에 취해 있긴 했어도 화장실에서 오줌을 누고 있는, 아무런 원한 관계도 없는 낯선 한국 남자를 칼로 찔러 죽일 만큼 대담하지 않았다. 잭은 쓰레기일망정 미치지는 않았다.

– 넌 잭이 그놈을 쑤신 후 나한테 칼을 준 거라고 증언하면 돼.

– 아까 CID에서 네가 칼을 들고 있었다고 말했는데…….

내 목소리는 떨렸다. 일이 뭔가 잘못되어 가고 있었다. 화장실에서 우리는 바로 CID, 미 육군 범죄수사국으로 연행되어 각각 다른 방에 배치되어 조사를 받았다. 잭과 샘슨 둘 다 자신이 범인이 아니라고 진술을 했기 때문에 수사관은 내 견해에 주목했다. 사실 확인을 위해 몇 번이고 되풀이해서 질문을 했다. 나는 거의 탈진 상태였지만 일관되게 "재미있는 거 보여 줄게"라고 말한 목소리도, 칼을 들고 있었던 것도 샘슨이라고 진술했다. 속지주의 원칙에 따라 초동수사의 진술이 적힌 모든 수사기록은 한국 경찰서로 이관되어 앞으로는 한국 경찰서에서 조사를 받게 될 것이라는 말을 끝으로 풀려났다.

끝없이 이어질 것 같은 긴 복도를 지나 밖으로 나왔을 때 부모님이 기다리고 있었다. 눈물이 쏟아져 나오려는 것을 간신히 참고 손을 들어 보였다. 엄마가 달려오더니 나를 껴안아 주었다. 잭의 한국인 부모도 조사에 지친 자신의 아들을 껴안았다. 샘슨만 이런 우리를 멀뚱히 바라보고 서 있었다. 샘슨은 아무도 마중 나오지 않았다.

– 상관없어. 그땐 정신없어서 잘못 말했다고 하면 돼. 지금부터가 진짜야.

- 아까 내가 말한 기록이 다 한국 경찰서로 이관된다고 하던데.

- CID는 아무런 법적 효력이 없는 기관이라니까. 이건 시뮬레이션 게임이 아니야. 진짜 사람이 죽었어.

샘슨이 내 어깨를 움켜쥐었다. 샘슨의 손등에 새겨진 다이아몬드를 형상화한 여덟 개의 푸른 타투 점이 어깨에 파고든 듯해 움찔했다.

7월 4일 19:40, 학교 강당

강당에서는 학생들이 케이팝 가수의 라이브에 맞춰 춤을 추었다. 주디가 몇 번이고 내 팔을 끌어당기며 춤을 추자고 했지만 흥이 나지 않았다. 의자에 앉은 채로 엉덩이를 들썩이던 주디가 내게 윙크를 했다. 바비 인형처럼 밝은 금발에 한 치의 흔들림이나 주저함이 없는 투명한 사파이어의 푸른 눈이다.

- 하트만이 한국에 들어온다고 하던데 소식 들었어?

- 아니, 하트만 오면 만날 거야?

- 물론이지.

주디는 원래 하트만의 여자 친구였다. 셋이 어울려 다니다가 하트만의 아빠가 일본으로 발령받아 떠나면서 자연스럽게 나와 사귀게 되었다. 하트만과 함께 다닐 때 그녀의 경쾌한 웃음소리, 가느다란 손가락, 짧은 미니스커트 아래 곧게 뻗은 다리와 스니커즈에 얹혀 있는 가느다란 발목을 훔쳐보곤 했다. 하지만 막상 내 여자 친구가 되어 함께 길을 걸을 때면 위축되었다. 갈색 머리에 회색 눈을 가진 하트만과 주디는 완벽하게 어울리는 한 쌍이었다. 나는 그 곁에 충실한 집사처럼 끼어 있을 때가 적당한 위치였다. 키도 작고, 검은 머리의 동양 혼혈인 나는 바비 인형과 어울리지 않았다. 동정받는 기분이 들기도 했다. 이런 나를 주디는 〈백설 공주〉에 나오는 난쟁이를 대하듯 즐기다가도 내가 샘슨 패거리와 함께 있는 것을 볼 때면 경외의 눈빛으로 바뀌었다. 백인으로 태어나지 못할 바에는 차라리 인기 없는 동양 남자보다는 흑인으로 태어나는 게 좋겠다는 생각을 할 때도 있었다.

－그 자식은 뭐 하러 온다는 거야?

－당연히 우리를 보러 오는 거지.

－우리?

－그럼. 우리 셋이 함께 다니면서 너무 즐거웠잖아. 수영장 사건 기억나? 나 렌즈 빠뜨렸을 때 둘이 뜰채 가져와서 찾는다고 난리 폈잖아.

그녀의 밝은 웃음소리가 시끄러운 댄스곡에 파묻혔다. 나는 그녀의 얼굴을 끌어당겨 키스했다. 그때 예포 소리가 울린 뒤

불꽃놀이가 시작되었다. 춤을 추던 학생들이 출입문으로 몰려갔다. 나도 주디의 손을 잡고 바깥으로 나갔다. 불꽃이 검은 밤하늘에 찬란한 색색의 꽃을 수놓았다. 누군가 국가(《The Star-Spangled Banner》)를 선창했다. 하나둘 따라 부르기 시작해서 밤하늘에 합창 소리가 울려 퍼졌다. 오, 자유의 땅, 용감한 백성의 땅 위에 성조기가 지금도 휘날리고 있다. 나도 큰 소리로 따라 불렀다. 국가를 부를 때만큼은 내가 미국 시민이라는 사실이 자랑스러웠다. 나는 미국인이다.

7월 8일 23:40, 방 안

창문이 소리 나지 않게 조금씩 열렸다. 부대 안의 낡은 창문을 소리 나지 않게 열려면 창과 창틀이 접촉하지 않도록 살짝 들어 올려 힘 조절을 해야 한다. 이 사실을 알고 있는 녀석은 숨소리도 들리지 않을 정도로 힘 조절에 집중하고 있었다. 나는 침대에 꼼짝 않고 누워 창문이 조금씩 열릴 때마다 한 움큼씩 쏟아져 들어오는 어둠을 바라보고 있었다. 창문이 절반쯤 열리더니 '시카고 불스' 캡이 방 안으로 불쑥 들어왔다. 어두운 데다 모자챙이 얼굴 절반을 가리고 있었지만 샘슨이라는 것을 알고 있었다.

– 아무도 없지? 오늘 수업 왜 재낀 거야? 기다렸잖아.

빛이 스미는 동안

샘슨이 창틀을 훌쩍 뛰어넘었다. 낮게 목소리를 깐 탓에 쉰 소리가 더 거칠게 들렸다. 나는 그의 탁한 목소리가 거실에 있는 엄마 귀에 들어갈까 봐 신경이 쓰였다.

– 아, 셰퍼드?

샘슨은 내 시선을 따라 거실 쪽을 힐끗거리더니 큭큭 웃으며 말했다. 한국에 들어온 지 얼마 되지 않아 부대 후문 창고에서 녀석들과 마리화나를 피우다가 엄마에게 걸렸다. 엄마가 학교에 신고하는 바람에 징계를 받았다. 나는 처음이어서 사회봉사로 때웠지만 녀석들은 정학을 먹었다. 그때부터 샘슨은 우리 엄마를 셰퍼드라고 불렀다.

– 어떻게 증언할 거야? 설마 딴생각하고 있는 건 아니지?

– 걱정 마.

내가 두려워하고 있다는 걸 샘슨에게 들키고 싶지 않아 당당하게 말하려고 했지만 목소리가 떨리게 나왔다.

– 우린 친구야. 안 그래? 네가 딴생각할 리 없지. 나 간다.

샘슨이 창밖으로 뛰어내렸다. 창문이 닫히고 황소 뿔이 사라졌다. 다시 혼자가 되었다. 잠은 달아났다. 머리가 맑아지면서 벽에 나란히 걸린 열두 개의 야구 모자 중에서 한 자리가 비어 있는 것이 보였다. 내가 제일 좋아하는 시카고 불스 자리였다. 조금 전 샘슨 머리 위에 올려져 있던 그 모자였다. 샘슨은 빌려

간다고 했지만 친구들 누구도 샘슨이 빌려 간 것을 돌려받지 못했다. 영원히 모자가 걸리지 않을 빈자리를 노려보았다. 그러자 바로 그곳에 샘슨의 얼굴이 또렷한 형체로 각인되기 시작했다. 헝클어진 머리칼 안쪽 깊숙이 박힌 갈색 눈동자와 콧수염, 그 콧수염에 가려진 칼자국, 눈은 웃지 않고 입만 벌어져 큰 소리로 웃는 모습이 박히기 시작했다.

나는 시트를 끌어올렸다. 곧 샘슨이 덮칠 듯이 점점 확대되었다. 샘슨은 피를 흘리고 쓰러져 있는 남자의 얼굴로 바뀌었다. 정신 차려. 여긴 내 방이야. 저건 가짜야. 샘슨은 돌아갔어. 마음속으로 아무리 외쳐 보아도 피를 몽땅 흘려 버려 창백한 시신이 벽에서 나를 향해 떨어지기 시작했다. 엄마가 있는 거실로 나가야 한다고, 악몽에서 벗어나야 한다고 생각했지만 시트를 움켜쥐고 있는 손에 식은땀이 나면서 턱이 떨려 왔다. 시신이 얼굴 바로 위까지 다가왔다. 남자의 목에서 흘린 피가 내 얼굴을 덮쳤다. 참았던 비명이 치고 나오려는 순간 방문이 열렸다. 거실에서 쏟아져 들어온 밝은 빛에 시신이 사라졌다. 나는 얼른 잠든 척했다. 엄마는 어둠에 눈이 부신 듯 가만히 서 있었다. 여기저기 둘러보고는 한숨을 내쉬고 방문을 닫았다.

모든 것이 정지되었다. 샘슨의 웃는 얼굴도, 시체도 사라졌다. 방 안에는 어둠뿐이다. 속옷과 침대 시트가 젖었다. 이럴 때 주디가 옆에 있다면, 부드러운 입술에 입 맞출 수 있다면 끔찍한 공포를 잊을 수 있을 것 같았다. 목소리라도 들어 보려고 전화를 걸려다 그만두었다. 잠을 깨웠다고 투덜댈 것이다. "뭐라고 증언할 건데? CID 앞에서 진술할 때 무섭지 않았어?" 아까 굿나잇 전화를 했을 때에도 그녀는 샘슨과 잭 둘 중 누구에게 유리한 증언을 할 것인지에 대해서만 궁금해했다. 살인 사건 목격자의 애인으로서 학교 친구들의 최대 관심사를 제일 먼저 알아낼 수 있는 것에 흥분한 목소리였다.

오전에 정신과 상담을 받고 나오는 내 모습이 씩씩해 보여서 더 걱정을 안 했을 것이다. 미성년자가 살인 사건을 목격했을 때의 충격을 최소화하기 위해 CID에서 의뢰한 상담이었다. 주디는 진찰실 밖에서 기다리고 있다가 나를 꼭 껴안아 주었다. 그녀 품에 안겨서 울고 싶었지만 강하게 보이기 위해 어깨를 으쓱해 보였다. 그녀는 내가 타일에 고인 검붉은 핏물을 얼마나 잊고 싶어 하는지, 밤마다 시트를 적시는지 알지 못할 것이다.

'갓파더'가 자정을 알리는 종을 쳤다. 홈 바에서는 덜그럭거리는 소리가 들렸다. 엄마는 자기 전에 항상 와인을 마셨다. 용산 미8군 상사인 아빠는 몇 주째 비상근무라서 아직 부대에 있었다. 새벽 1시가 넘어 퇴근하면 잠깐 눈을 붙이고, 부대에 있는 카페테리아에서 샌드위치로 아침을 때우고, 다시 새벽까지 이어지는 강행군이었다. 미군부대에서 폐수를 흘려 버렸다는 신문 기사가 나간 지 얼마 되지 않아, 미군의 자녀가 이태원 버거킹 화장실에서 이유도 없이 한국 대학생을 살해한 사건이 발생했다. 부대 앞에는 플래카드와 피켓을 든 시민단체의 데모가 끊이지 않았다. 며칠 전에는 그동안 쌓인 피로가 분노로 변해 아빠가 소리쳤다. "우리가 뭘 그렇게 잘못했지? 한국 공장에서도 폐수는 버려. 살인 사건도 수없이 일어나. 한국의 안보를 위해 주둔하는 우리가 뭘 그렇게 잘못했냐고."

엄마는 아빠의 '우리'에서 제외된 사람인 듯 담배만 피우고 있었다. 미국을 포함해서 다른 나라에 주둔할 때 엄마는 항상 아빠 편이었지만 한국에서만은 예외였다. 엄마는 침묵이 무기였다. 아빠가 제풀에 나가떨어질 때까지 한국에 대한 욕을 듣고 있기만 했다. 변명하지도, 거들지도 않았다.

엄마의 이런 침묵이 나를 불편하게 했다. 미국에서는 동양 혼혈, 동양에서는 미국 혼혈이 내 정체성이었다. 나는 엄마를 사랑하고, 엄마의 일부를 닮았다. 아빠는 평소에 엄마를 '스위트 하트'라고 부르다가도 한국이라는 나라에 화가 날 때면 엄마는 한국인의 대표가 되어 화풀이 대상이 되었다. 그럴 때 나는 누구의 편도 될 수 없었다. 나는 미국인이기도 하고 한국인이기도 하지만 그 누구도 아니다.

'구백구십구구백구십팔구백구십칠…' 눈을 꼭 감고 새끼 양이 풀장에 다이빙하는 모습을 거꾸로 세어 보았지만 잠이 오지 않았다. 손가락을 입에 넣어 빨다가 얼른 뺐다. 기분이 더러웠다. 피츠버그 백인 동네에 살 때 내 체육복 백넘버는 '퍽큐'였고 라커룸에는 벌레가 들어 있었다. 학교를 안 가겠다고 떼를 쓰는 나를 내성적인 성격 때문이라고 생각한 엄마는 태권도와 수영 강습을 시켰다. 아무리 노력해도 아무것도 변하지 않았다. 나는 새벽에 깨서 울었다. 엄마는 내 울음소리에 달려와 몇 시간이고 달래야 했다. 아침이면 새벽에 깨서 울었다는 사실을 기억하지 못했다. 정신과 치료를 오래 받았다. 내가 위로받을 수 있는 순간은 몸을 웅크리고 엄지를 빨 때였다. 영원히 계속될 것 같던 왕따도, 몽유병도, 엉뚱한 사건으로 풀렸다. 그때의 괴로운 시절을 입 밖에 꺼낸 적은 없다. 앞으로도 없을 것이다. 다시는 그 시절로 돌아가고 싶지 않았다. 혼자가 되는 건 정말 끔찍하다. 타인으로부터 격리된다는 공포감은 어떤 것으로도 덮을 수 없었다.

시간이 지날수록 잠은 멀어졌다. 한국 경찰에 출두해서 진술하려면 잠을 푹 자 두어야 했다. CID에서와는 대우가 다를 것이다. 그들은 자국민을 죽인 살인자를 상대하고 있었다. 나는 몸을 둥글게 말아 아주 작게 만든 뒤에 손가락을 빨기 시작했다. 오늘만 봐 주는 거야. 오늘만.

7월 9일 08:40, 집(증인 출석 당일)

－브랜든, 변기 커버 내리라고 하지 않았니.

아빠가 욕실에서 나오면서 소리쳤다. 소변을 본 다음에는 뒷
사람을 위해 변기 커버를 내려 놓으라고 수없이 지적했지만 나
는 이상하게 그 습관이 고쳐지지 않았다. "쏘리." 나는 시리얼
을 먹다가 씩씩거리는 아빠에게 어깨를 으쓱해 보였다. 잠을 설
쳤는지 아빠도 눈이 충혈되어 붉었다.

－앤 당신 남동생을 닮은 게 분명해.

캘리포니아에 살 때 외삼촌이 며칠 집에 묵은 적이 있다. 그
때 외삼촌이 변기 커버를 내리지 않는 것을 보고 아빠는 두고
두고 끄집어냈다. 엄마는 또 침묵. 빨리 학교로 가 버리는 게 상
책이다. 식탁에서 막 일어서려 하는데 아빠가 맞은편 의자에 앉
으며 걱정스러운 얼굴로 말했다.

－브랜든, 엉뚱한 사람을 범인으로 지목한 한국 경찰에 가서
증언해야겠니? 아직 늦지 않았어. 출석하고 싶지 않다면 아빠
가 연락을 할게.

－아빠, 저는 제 의무를 회피하고 싶지 않아요.

－너는 미성년자이기 때문에 꼭 증언할 의무가 있는 건 아니

야. 이 세상에는 너 자신을 스스로 보호할 수 없는 일이 수두룩해. 그래서 법으로 보호를 받는 거고.

　- 제가 알아서 한다니까요.

　- 이번 사건 범인은 샘슨이 명백하잖니. 너도 알고 있지? 그런데 지금 한국 경찰에서는 잭을 더 유력한 용의자로 몰아가고 있단 말이야. 가해자가 피해자의 목덜미를 칼로 찌르려면 피해자보다 가해자의 키가 더 커야 한다는 말도 안 되는 근거로. 남자들이 오줌 눌 때 어깨를 수그리기 때문에 키가 작은 샘슨도 충분히 가해자가 될 수 있는데. 이런 엉터리 논리로 잭을 범인으로 특정한 한국 경찰에 네가 증인으로 나가서 어떻게 뒷감당을 하려고 그러니.

CID의 초동수사 보고서가 한국 경찰서로 이관되면서 용의자는 샘슨에서 잭으로 바뀌었다. 겁먹은 잭은 경찰서에서 횡설수설했고, 샘슨은 시간이 지날수록 침착성을 되찾아 논리가 일관되었다. 잭나이프에는 잭의 지문이 덕지덕지 붙어 있었다. 햄버거를 자르려고 했던 잭의 만용이 살인 용의자로 몰리는 증거가 되었다. 잭이 마약 검사에서 양성반응을 보인 것도 불리하게 작용했다.

　- 네가 샘슨이랑 친한 건 다들 아는 사실이고, 그것 때문에 샘슨에게 유리한 증언을 한다면 넌 평생 죄책감에 시달릴 거야.

엄마도 거들었다. 나는 우유에 불어서 흐물흐물해진 시리얼을 수저로 으깨면서 꽁꽁 언 채 냉동실에 갇힌 시체를 떠올렸다.

– 나는 네가 강해야 한다고 항상 말했다. 그러나 이번 사건은 강한 것과는 차원이 달라.

– 걱정 말라고 했잖아요. 집에서 몇 시에 출발할 거죠? 주디도 같이 간다고, 이따 집으로 온대요.

나는 남은 시리얼을 그대로 싱크대에 버리며 말했다.

– 집에서 점심 먹고 출발하면 될 거 같다. 그런데 브랜든.

아빠가 신발 끈을 매는 나를 불러 세웠다.

– 위증죄가 있다는 것쯤은 알고 있겠지?

나는 멈칫했지만 그대로 문을 열고 나갔다. 닫힌 문 너머로 아빠가 욕하는 소리가 들렸다.

7월 9일 09:00, 부대 안

아침부터 햇빛이 끓었다. 하늘에는 구름 한 점 없었다. 땀이 이마에 맺히기도 전에 바짝 마를 정도로 건조했다. 기분이 좋지 않았다. 어제도 수업 시간 내내 샘슨 패거리를 외면했지만 샘슨이 노려보고 있다는 것을 느낄 수 있었다. 모임에도 빠지고 이런저런 핑계를 대서 자신을 피하고 있다는 힐책일 것이다. 잭은 며칠째 학교에 나오지 않았다. 덩치만 큰 덜떨어진 녀석이 살인

빛이 스미는 동안

사건 용의자로 몰렸으니 지금쯤 부들부들 떨며 숨죽이고 있을 것이다.

나는 큰길과 오솔길의 갈림길에서 잠시 망설였다. 아스팔트가 깔린 큰길은 햇볕이 너무 뜨거운데다 샘슨이 길목에서 기다리고 있을 것 같았다. 오솔길을 택했다. 애들이 별로 다니지 않는 길이었다. 그네와 시소뿐인 간이 놀이터는 나무 틈 사이로 쏟아져 들어온 햇빛으로 빛나고 있었다.

텅 빈 그곳에서 웃음소리가 쏟아진다. 시소가 움직이고 그네가 하늘 높이 솟구친다. 이 모든 것을 그늘진 벤치에서 부러운 듯 바라보는 한 소년이 있다. 왜소한 체격에 새까만 머리, 찢어진 눈. 누군가 말을 걸어 주길 기다리지만 소년이 거기에 있다는 것을 다른 애들은 의식조차 하지 못한다. 덩치 큰 빨간 머리 남자애가 정글짐에서 내려와 소년에게 다가온다. 소년의 손에 땀이 찬다. 흉포하고 제멋대로인 저 애를 친구로 사귀고 싶다는 간절한 욕망이 손에 땀을 흐르게 한다. "야! 일본 원숭이, 너 영어할 줄 알아?" 다짜고짜 덩치가 소리친다. 땀은 손에서 이마로, 목구멍까지 흘러넘쳐 소년은 아무 말도 할 수 없다. 벤치에 앉아 덩치를 올려다볼 뿐이다. "일본 원숭이! 일본 원숭이!" 덩치를 따라온 무리가 팔을 길게 늘어뜨리고 외친다. 손가락질을 하며, "끼끼끼!" 원숭이 흉내를 낸다. 5학년까지의 내 모습이었다.

반전의 기회는 엉뚱한 곳에서 왔다. 교내 체스 대회가 열렸고, 아빠한테 배운 실력으로 우승을 하게 되었다. 지역 신문에 내 인터뷰 기사가 실리면서 하루아침에 유명인사가 되었다. 이후 댄스파티에 열심히 불려 다녔다. 내 자리는 벤치가 아니라 시소와 정글짐으로 옮겨졌고, 새벽에 깨서 울거나 손가락을 빠는 바보 같은 짓은 하지 않았다. 정신과 상담 같은 것도 받을 필요가 없게 되었다.

애초에 한국에 온 게 잘못이다. 즐겁게 학교생활을 하고 있었는데 혼자 사는 외할머니를 미국으로 불러들이려는 계획에 나를 끌어들였다. 한국 땅에서 뼈를 묻어야 한다는 고집불통 늙은이가 전화조차 안 받자 고독사를 할까 봐 엄마가 직접 설득하기 위해 아빠가 한국을 자원한 것이다. 기숙사에 남겠다고 끝까지 고집을 피웠어야 했다. 아들이 혼자 미국에서 살다가는 마약중독자가 되기라도 할 것처럼 엄마가 울며 애원하는 바람에 한국에 같이 들어왔다.

한국은 스프라이트 뚜껑을 막 땄을 때 부글부글 끓어 넘치는 모습과 흡사했다. 엄숙한 표정으로 길을 걸어가는 사람들을 처음 보았을 때는 성지순례라도 온 듯했다. 거리마다 지저분한 간판을 달고 즐비하게 늘어선 작은 가게를 보았을 때는 홍콩의 뒷골목 같았다. 아빠를 따라 여러 나라, 여러 도시를 다녀 봤지만 서울처럼 이질적인 것들이 아무렇지 않게 뒤섞여 거품처럼 흘러넘치는 도시는 처음이었다. 엄마도 이제는 한국이 엄마가 자라던 시절의 가난하지만 안전한 나라는 아니라는 사실을 깨달았을 것이다.

오솔길을 버리고 큰길을 택했다. 아무래도 샘슨이 자기를 피하는 걸 알고 오솔길을 지키고 있을 것 같았다. 조금 전까지 큰소리쳤지만 마음이 심란한 것은 어쩔 수 없었다. 나는 지키고 싶은 과거도, 이루고 싶은 미래도 없다. 단지 주디와 함께 현실을 즐기며 살길 원했을 뿐이다. 이런 알 수 없는 더러운 기분은 정말 내가 원했던 게 아니다.

– 하이. 엄청 바쁘신가 봐. 통 뵙기 힘든걸.

그로서리 앞 파라솔에서 샘슨 패거리는 내가 큰길을 선택할 것이라는 짐작이 맞아떨어져 기쁘다는 듯이 손을 흔들었다.

– 어차피 잭 같은 쓰레기 녀석은 언젠가는 감방에 가게 되어 있어. 일찍 정신 차리라고 도와주는 거야. 전과 줄여 주는 우리한테 고마워해야지.

샘슨이 킬킬거리면서 잭나이프로 애피타이저를 시작했다. 햇빛에 칼날이 빛났다. 나는 주디 집으로 가늠되는 곳을 돌아보았다. 그녀가 학교에 가기 위해서는 캠프 51구역을 거쳐 이 앞을 지나야 했다. 내가 샘슨 앞에서 죄인처럼 쩔쩔 매는 모습을 본다면 실망할 것이다. 여기서 빨리 벗어나고 싶었다.

  – 결심했지?

  샘슨이 나를 곁눈질하며 잭나이프로 다이아몬드 타투 점을 십자가 모양으로 그었다.

7월 9일 12:30, 집

  사파이어와 블랙 사이에서 태어난 아이의 눈은 어떤 색일까. 나는 주디의 머리를 양손으로 붙들고 그녀의 눈동자를 들여다보다가 샘슨의 갈색 눈동자를 떠올리고 몸서리를 쳤다. 엄마가 주방에서 우리를 불렀다. 식탁에는 평소처럼 엄마의 식사를 제외한 3인분만 세팅되어 있었다. 엄마는 따로 먹을 것이다. 엄마는 거실 창문을 열어 놓고 기대서서 담배를 피우고 있었다. 역광을 받아 담배 연기가 푸르스름하게 번졌다. 스테이크를 준비하느라 목구멍까지 찬 고기 누린내를 가라앉히기 위해서 일 것이다.

  용산 미8군에서 근무하던 아빠를 만나 하와이에 있는 부대로 간 뒤 엄마는 향수병을 견디지 못해 맥도날드에 매일 갔다고 한다. 싼값에 빅맥을 먹을 수 있는 그곳에 동양인들이 많이 모였기 때문에 동양인을 보는 것만으로도 향수병을 달랠 수 있었다고 한다. 매일 빅맥을 하나씩 사 먹던 어느 날, 엄마는 헛구

　　　　　　　　　　　　　　　빛이 스미는 동안

역질을 하면서 먹은 걸 몽땅 토했다. 한 달 내내 먹었던 빅맥이 몸 구석구석에서 밀려나오는 것처럼 종일 토했다. 병원에 가서야 엄마는 내가 뱃속에 자리 잡은 것을 알게 되었다. 그 뒤로 엄마는 누린내가 난다고 아예 고기를 못 먹었다. 엄마는 한국 음식에서 풍기는 이상한 냄새가 얼마나 지독한지 알지 못하는 거 같다. 마늘 냄새 난다고 친구들한테 놀림 받은 이후로 나는 한국 음식을 먹지 않았다.

– 아저씨, 미국 들어가신다면서요?

주디가 스테이크를 썰며 말했다.

– 신청은 해 두었는데 언제 발령이 날지 모르겠구나. 한국 사정이 워낙 안 좋아서. 여보, 장모님과는 통화해 본 거야?

– 주무시는지 안 받더군요.

할머니 때문에 한국에 왔는데 정작 할머니는 엄마를 피하고 있었다. 서울에 처음 와서 할머니 댁에 찾아갔다. 오래돼서 삭은 나무 대문 밖에서 엄마가 엄마를 불렀다. 엄마의 애타는 부름 끝에 들려오는 소리는 "여기가 어디라고!"였다. 과일 바구니를 대문 밖에 놓아두고 돌아오는 택시에서 엄마는 울었다. 아빠와 엄마가 어떻게 만나 결혼을 했기에 할머니가 그렇게 냉랭한지 궁금했지만 묻지 않았다. 이태원 클럽 앞에서 진한 화장을 하고 미군을 유혹하는 한국 여자들, 혹시라도 엄마가 그런 여자였을까 봐 물어볼 수 없었다.

식사를 마치고 작년 종강 파티 때 맸던 푸른 줄무늬 넥타이를 꺼냈다. 하트만의 애인이 아닌, 내 애인으로서 주디와 춤을 추며 고백할 때 맸던 넥타이를 매고, 살인 사건 증언에 나가리라고는 꿈에도 생각하지 못했다. 마찬가지로 몇 시간 후에 내가 어떤 증언을 할지 나 자신도 알지 못했다. "재미있는 거 보여줄게"라고 했던 녀석이 샘슨이라고 할 수도 있고, 잭이라고 할 수도 있다. 여자 친구와의 키스를 떠올리느라 아무 소리도 듣지 못했다고 할지도 몰랐다. 내 자신을 지킬 수 있는 최소한의 진술은 무엇일까. 공격을 할 수도, 방어를 할 수도 없을 때 취할 수 있는 체스의 포지션은?

내가 화장실 바닥에 피를 흘리며 쓰러져 있다. 여러 군데 찔렸고, 부모와 여자 친구에게 유언은커녕 비명도 맘껏 지르지 못했다. 두 명의 용의자가 서로 안 죽였다고 상대에게 떠넘기고 있다. 내 증언에 따라 범인이 엉뚱한 녀석으로 판명날 수 있다. 이미 시체는 냉동실에 갇혀 있고 당연히 아무 말도 할 수 없다. 억울할까?

거실 옆에는 천장까지 닿는 웅장하고 고급스러운 괘종시계가 세워져 있다. 이 시계는 이탈리안이었던 친할아버지의 유품이다. 할아버지가 어렸을 때 미국으로 이민 와서 온갖 고생을 하던 중 우연히 고향에 있던 괘종시계와 비슷한 걸 뉴욕 빈 티지 숍에서 발견했고 할아버지는 감탄의 "갓파더"를 외쳤다고 한다. 할아버지는 온갖 허드렛일을 하면서도 이 갓파더만큼은 지켜 냈다. 낮은 언덕에 있던 고향 집을 그리워한 할아버지가 내 이름도 '언덕'이라는 뜻의 '브랜든'이라고 지었다.

갓파더 옆에는 아빠가 이탈리안식으로 꾸며 놓은 홈 바가 있고, 베란다에는 엄마가 사 모은 크고 작은 항아리와 고가구가 놓여 있다. 거실은 마치 먹다 남은 시리얼을 이것저것 섞어 놓은 것 같다. 얼핏 보기에는 알록달록 화려해 보이지만 막상 먹어 보면 이상한 맛이 날 것이다. 괘종시계가 울린다. 이제 가야할 시간이다. "브랜든", 현관 밖에서 주디가 부른다. 나는 거울속에 보이는 넥타이 매듭을 단단히 조인다.

언더그라운드 소금 광산

화물열차

삭(朔)이 되면 죄수의 사체를 실은 화물열차가 집 근처를 지나갔다. 소녀는 자정 무렵, 마지막 기차가 지나가는 시간에 맞춰 끝없이 이어진 덤불과 잡목을 헤치면서 어둠 속을 걸어갔다. 바짓단에는 도깨비바늘의 바짝 마른 씨앗이 들러붙어 맨살에 까끌까끌하게 닿았다. 밤의 벌판은 너무 조용해서 오히려 온갖 소음으로 가득 찬 것 같았다. 함께 걷는 엄마의 거친 숨소리는 어둠의 입김을 빨아들이는 소리처럼 들렸다.

작은 도랑을 따라 걷다가 철로가 저만치 보이면 엄마는 기차를 놓칠지 모른다는 조바심 때문에 발걸음이 빨라졌다. 불빛 하나 없이 어두운 데다 서두르는 엄마의 뒤를 정신없이 쫓다 보면 자주 도랑에 발을 헛디뎠다. 도랑물에 젖은 신발은 얼음 조각을 집어넣은 것처럼 서걱거렸지만 울지 않았다. 소녀는 어떤 상황에서도 울지 않을 수 있었다.

울음은 참을 수 있지만 젖은 신발을 신고 어둠 속을 달리다 보면 미치게 배가 고팠다. 몸이 떨리면서 뱃속 내장이 텅 빈 것처럼 허기졌다. 그럴수록 헐떡이며 엄마 뒤를 따랐다. 그 뒤로도 몇 차례 도랑에 빠질 뻔했는데 그때마다 엄마의 손이 손목을 아프게 쥐어 도랑으로 떨어지는 걸 간신히 막았다. 엄마의 뼈밖에 안 남은 손아귀 힘이 얼마나 센지 차라리 도랑에 빠지는 게 낫겠다는 생각을 할 정도였다.

엄마는 '식육의 도시'로 가는 날이 다가오면 신성한 제사를 준비하는 사람처럼 엄마 자신도, 소녀에게도 먹을 것을 최소한으로 줄였다. 곡식을 갈아 만든 풀죽과 절인 채소만 주었다. 식육의 도시로 가서 풍족하게 먹으면 배가 애기를 밴 것처럼 볼록 나왔고, 얼굴에는 홍조가 돌았다.

멀리서 기차의 레일을 울리는 소리와 기차 머리 어딘가에 달려 있는 붉은 외등이 보이면 엄마는 하얀 손수건을 흔들어서 우리의 존재를 알렸다. 그곳은 정식으로 기차가 서는 역이 아니었다. 끝없이 이어지는 덤불숲과 작은 도랑가로 기차가 지나칠

뿐이어서 엄마는 기관사가 우리를 못 보고 지나치지 않게 하려고 필사적으로 흰 손수건을 흔들었다. 어둠에서 하얀 표식을 발견한 기관사는 무서운 속도로 달려오던 한 량의 기차를 요란하게 브레이크를 밟아 멈추게 했다. 잠자던 새들이 쇠의 굉음에 놀라 푸드덕 밤하늘로 날아갔다.

엄마는 치마를 펄럭이며 정신없이 달려가서 기차 문에 달려 있는 손잡이에 매달린 채 소녀가 빨리 뛰어오기를 기다렸다. 소녀는 입에서 토해 낸 하얀 입김이 어둠 속에 빨려 들어가는 것을 보며 얼음이 서걱거리는 차가운 신발을 끌며 뛰었다. 소녀의 작은 보폭이 간신히 기차의 디딤돌에 한 발을 딛기 무섭게 엄마는 기차의 검은 몸통을 퉁퉁 두드렸다. 기차는 달려왔던 속도 그대로 급하게 출발했다.

보온이 안 되는 얇은 외투에 꽁꽁 언 몸으로 기차에 올라서면 입구에는 손목과 발목에 철끈으로 잘린 흉터가 있는 시체들이 무질서하게 쌓여 있었다. 팔찌 흉내를 내서 볼펜으로 손목을 빙 둘러 삐뚤삐뚤 그린 것처럼 철끈으로 예리하게 잘려 있었다. 양쪽의 잘린 손목으로 피를 한 방울도 남김없이 쏟아 버린 시체들의 피부는 푸르스름하고 창백했다. 퍼렇게 꽁꽁 언 시체에서 손목의 흉터만이 붉어서 끔찍해 보였다.

사체를 통과해야 따뜻한 기관실로 갈 수 있기 때문에 그것들을 안 보고 싶다고 안 볼 수는 없었다. 차라리 목이 잘렸다면 무섭겠지만 의아하지는 않았을 것이다. 집 앞에 가끔 목이 잘린 뱀 사체가 널브러져 있어서 목이 잘린 죽음이 낯설지는 않았다.

언젠가 엄마에게 물은 적이 있다.

─저 사람들 손목에는 왜 저런 상처가 있어요?

─살다 보면 몰라도 되는 것들이 있어.

엄마는 입술을 거의 움직이지 않고 말했다.

소녀는 가쁜 숨을 다스리면서 시체 칸을 지나쳐 기관실로 옮겨 갔다. 기관사는 주름이 잡힌 흰 제복에 육각 모자를 쓰고 정면을 바라보며 운전했다. 그 모습은 위엄과 권위가 느껴졌다. 소녀가 기관실에 들어설 때마다 기관사는 항상 정면을 바라보고 있어서 얼굴이 어떻게 생겼는지 제대로 본 적이 없다. 요란하게 주름이 잡힌 제복의 뒷모습 혹은 유리창에 비쳐 얼룩덜룩한 모습만이 소녀가 본 기관사의 얼굴이다.

엄마는 기관실로 들어서면서 입이 얼어서 일그러질 수밖에 없는 흉한 미소를 띠며 못 보고 지나치는 줄 알았다고, 늘 하는 말을 중얼거렸다. 기관사는 단 한 번도 그냥 지나친 적이 없는데도 엄마는 습관적으로 고맙다는 말 대신 그렇게 말했다. 기관사는 폭설이 쏟아지거나 매서운 바람이 어둠을 흔드는 정면을 응시하면서 엄마의 말에 아무런 대꾸도 하지 않았다. 엄마는 자신의 말이 무시당한 것을 인정하고 싶지 않아 부산하게 소녀의 검정 바짓단에 따닥따닥 붙은 도깨비바늘의 바짝 마른 씨앗을 몸을 숙이고 털어 냈다.

엄마가 기관사 뒤에 놓여 있는 등받이가 없는 간이 의자에 앉았다. 그리고 소녀는 엄마로부터 최대한 멀리 떨어진 건너편에 앉았다. 그리고 차창에 얼굴을 바짝 대고 성에가 끼어 흐릿한 바깥을 내다보았다. 어둠 속에 숨죽이고 있는 나무와 산과 들판과 가끔 난쟁이가 사는 오두막처럼 작고 둥근 지붕의 집이 스쳐 지나갈 뿐인데도 입김이 물이 되어 흐르는 창가에 코끝을 대고 하염없이 쇠약해지는 밤을 내다보았다.

기차가 철컥이며 터널로 들어서서 운전할 필요가 없는 고정 레일 위를 달리기 시작하면 기관사는 일어나서 엄마 뒤로 조용히 미끄러져 왔다. 새까만 터널 안에서 차창은 흑경(黑鏡)이 되어 단조로운 풍경 대신 기관실과 기관사의 손질을 고스란히 되비추었다. 소녀는 지루한 풍경을 내다보는 것처럼 꼼짝 않고 기관사의 손이 엄마의 가슴으로 들어가는 것을 지켜보았다. 엄마는 잠깐 움찔할 뿐 이내 따뜻한 온기에 몸을 녹이듯 스르르 눈을 감고 몸을 벽에 기댔다. 엄마의 가슴에서 빠져나온 기관사의 손이 엄마의 어깨를 안마하듯 한두 차례 톡톡 치는 동안 소녀는 기관사의 손목에 시체들처럼 철끈으로 잘린 흉이 있는지 흑경으로 노려보았다. 기관사는 그런 소녀를 흘낏 보곤 다시 터널에서 빠져나와 날벌레 떼처럼 눈보라가 휘몰아치는 밤을 질주하는 기차를 운전했다.

기차가 터널을 지나는 몇 분. 그 시간은 종착역인 식육의 도시에 도착해, 손목에 철끈 흉이 있는 시체들을 상인에게 넘기기 전까지 소녀에게 목이 타들어 가는 조바심을 주었다.

기관차는 밤을 달려 아침으로 간다. 식육의 도시로 가는 것은 '밝음의 도시'로 가는 것이고, 그곳에서 얼마 동안 지낸 후에 다시 엄마의 억센 손에 이끌려 기차를 타고 '어둠의 섬'으로 돌아온다. 언제부터, 왜, 엄마와 단둘이 어둠의 섬에 살게 되었는지는 모른다. 엄마는 어둠의 섬에 적응하느라 무척 힘이 들었다고 했다. 아직도 완벽히 적응은 되지 않는다고 했다. 어쩌면, 영원히 적응을 못 할지도 몰랐다. "몸에 밴 감각을 버리고 새로운 감각을 익히기는 쉽지 않아. 몸이 감각하는 것을 잊으려면 죽는 수밖에 없어." 엄마는 그렇게 말했다. 고통도, 즐거움도, 감각도, 죽으면 소멸한다는 뜻일 것이다.

다행히 이 모든 일은 소녀가 태어나기 이전에 일어난 일이다. 소녀에겐 적응해야 할 경험이 없다. 소녀는 어둠의 섬에서 태어났다. 현재가 경험의 전부여서 힘든 경험이 없다. 추방된 지역에서 자신들만의 식습관과 풍속으로 새로운 세계를 만들려고 했지만 어느 것 하나 이루어 내지 못해 엄마는 자신이 태어나고 자란 익숙한 곳으로 밀행하는 것이다.

엄마에게는 이 여행이 위험을 무릅쓴 밀행일지 모르지만 소녀에게는 죄수의 시체가 실린 기차를 타고 밝은 곳으로 가는 것과 시체가 없는 기차를 타고 어두운 곳으로 돌아오는 것, 단지 그 차이였다. 소녀는 어둠에서 벗어나는 것, 엄마는 빛을 향해 가는 것이라는 느낌의 차이가 있을 뿐이었다. 그리고 그 애, 밝음의 도시에서 살고 있는 소년을 만난다는 기대, 사실은 그 기대 때문에 소녀는 위험한 기차에 오르길 기다리고 있었다.

소금 광산

빛의 힘을 가장 잘 보여 줄 수 있는 찬란한 색은 푸른색이다. 식육의 도시에 들어서면 푸른 에나멜가죽 안장을 댄 말을 탄 경찰이 반짝이는 푸른 에나멜 제복을 입은 채 긴 채찍을 들고 거리를 돌아다녔다. 등을 꼿꼿이 세운 경찰과 푸른 말은 하나의 동상처럼 돌아다니며 도시를 감시했다. 법을 어기는 자가 있으면 가차 없이 채찍을 휘둘렀다. 법보다 체벌이 빨랐다.

소녀는 아직 밝음에 익숙하지 못한 두 눈을 부릅뜨고 이 광경을 황홀한 듯이 바라보았다. 채찍에서 뿜어져 나오는 푸른 광휘는 밝음의 도시 전체를 휘감았다. 홍조가 도는 밝은 표정으로 여유 있게 움직이는 사람들을 보면 전에도 이곳에 왔다는 것을 잊어버리고 낯선 주변을 두리번거렸다.

집집마다 걸려 있는 붉은 국기와 두 손을 모으게 만드는 웅장한 합창 소리까지 더해지면 소녀는 어둠의 섬으로 돌아가기 싫어서 우울해졌다. 엄마는 기차에서 내리면 사람들이 밀행자인 것을 눈치채고 신고할까 봐 부지런히 레일카를 타고 할머니 집으로 갔다.

할머니가 만들어 준 간식은 소녀가 가장 좋아하는 것이다. 탯줄이 달려 있던 배꼽을 살짝 말린 후에 기름에 볶다가 소스를 넣고 자작해질 때까지 졸였다. 말린 배꼽은 소스의 수분을 한 방울도 남김없이 빨아들였다가 졸여지면서 다시 수분을 뱉어 냈다. 이것이 반복되면서 최고급 치클처럼 쫄깃해졌다. 귓바퀴 요리와 더불어 훌륭한 간식이었다. 아이들은 그것을 껌처럼 씹고 다녔다. 껌은 삼킬 수 없지만 이건 원할 때까지 씹다가 마지막에 씹기 귀찮아져서 삼키면 고기를 먹은 것처럼 속이 든든했다.

빛이 스미는 동안

배꼽 치클을 질겅질겅 씹으며 소녀는 신전으로 향했다. 식육의 도시 한가운데 가장 높은 곳에는 신전이 있었다. 수많은 구역으로 나뉘진 식육의 도시는 영원히 반짝이는 빛이 머물고 있지만 이 신전은 예외였다. 소금 광산을 최대한 훼손하지 않으면서 지어진 이 신전은 부패를 방지하고 생명을 유지시켜 주는 소금이 갖는 상징 때문에 소문이 났다.

한때는 순례자들이 이 유일의 신전을 보려고 모여들었다. 하지만 어른들만 아는 이유로 하루아침에 폐쇄되면서 폐허가 되었다. 신을 위해 봉사하던 자들도 어디론가 사라졌다. 신전은 이끼로 뒤덮였다. 소금의 짠 성분 때문에 식물이 자라지 못하고, 포자를 퍼뜨려 거친 생명력을 유지하는 선태류만이 살아남았다. 왜 폐허가 된 이 신전이 철거되지 않았는지 모른다. 다행히 사람들이 거의 드나들지 않는 폐쇄된 이 신전 덕분에 소녀는 사람들의 눈을 피해 소년을 만날 수 있었다.

신전 가운데에는 우뚝 솟은 탑이 있고, 계단을 타고 꼭대기 탑에 올라가면 커다란 종과 이 종교를 상징하는 문양의 깃발이 찢긴 채로 걸려 있었다. 그 옆에는 말라비틀어지거나 아직 붉은 피를 흘리는 심장이 놓여 있었다. 이 도시의 주민은 부와 평온을 간구하며 그들이 잡은 동물들의 심장을 제물로 바쳤다. 처음 이 신전에 왔을 때 소년과 소녀는 아무것도 모르고 첨탑에 올라갔다가 피를 흘리는 심장을 보고 기겁한 뒤로 다시는 올라가지 않았다. 하지만 바람을 타고 코로 흘러드는 그 비릿한 냄새의 정체를 알고 있었다.

아직 소년은 오지 않았다. 바람이 무척 거셌다. 모든 심장이 냉동창고 속의 고기처럼 꽁꽁 얼어붙었을 텐데도 찬바람이 부는 결대로 희미하게 썩은 냄새가 코끝을 스쳤다. 바람과 썩은 냄새를 피해 오른쪽으로 돌아갔다. 그곳에는 기도실이라고 쓰인 방이 있었다. 기도실이라고 쓰여 있긴 하지만 문은 이미 고장 난 지 오래여서 거센 바람을 막아 주는 정도였다. 기도실에서 조금 더 안쪽으로 들어가면 소금 기둥 몇 개가 세워져 있었다.

소녀는 우유 찌꺼기 같은 하얀 입자가 뭉친 기둥을 손가락으로 찍어 혀에 대 보았다. 소년을 처음 만났을 때 소년이 알려 준 방법이다. 그때처럼 짭짤하지만 정제된 소금과는 미묘하게 다른 맛이 났다. 안쪽으로 조금 더 들어가자 소금 기둥으로 만든 동상이 있었다. 사람들이 칼로 긁어 가 군데군데 패였고, 손자국 같은 때가 검게 착색되어 있었다.

– 소금은 신성한 거야.

소년이 말하면서 염분과 수분으로 검게 변한 제단을 손바닥으로 쓸었다. 소녀도 따라 했다. 손에는 아무 변화가 없지만 뭔가 습한 기운이 느껴졌다. 마치 제단의 신성한 빛이 손에 묻어나는 것 같았다.

– 맛을 봐 봐.

소녀가 그 애의 손바닥을 핥아 맛을 보았다.

– 소금 맛이야.

이번엔 그 애가 소녀의 손바닥을 핥았다. 간지러웠다. 소녀가 큭큭 웃었다. 빈 신전에 둘의 웃음소리가 울렸다.

기도실에서 나와 저 멀리 예쁘게 푸른 타일로 단장한 낮은 건물의 관청을 내려다보았다. 반짝이는 햇살과 차가운 바람에 놓인 마을 풍경은 언젠가 본 적 있는 평화롭고 나른한 풍경화 같았다.

기억 속에 잠겨 있는 소녀의 등을 누군가가 건드렸다. 소년이 왔다는 것을 알 수 있었지만 일부러 느리게 몸을 돌렸다. 소녀와 만나는 순간의 감정을 최대한 늘이고 싶었다. 소녀에게 소년은 밝음의 세상에 산다는 사실, 사람다운 사람과, 사람이 살 수 있는 공간에 있다는 사실을 확인하게 해 주는 존재였다. 둘은 인사를 나누었다. 바로 며칠 전에 만난 것처럼, 서로 지내 온 시간에 대해서는 생략한 채.

– 안 추워? 다른 데서 만날걸 그랬나 봐. 여기 있다가는 얼어 죽을 거 같아. 다른 데로 가자.

소년이 소녀의 손을 잡았다. 소녀의 손보다 소년의 손이 더 차가웠다.

낡음과 낯섦

작고 붉은 열매가 꼬마전구처럼 알알이 매달려 있는 오솔길 아래를 걸어갔다. 겨울에만 열리는 이름을 알 수 없는 열매였다. 키 작은 나무에 달린 열매가 푸른 하늘과 대조되어 발갛게 불을 밝힌 작은 등불처럼 보였다.

오솔길 너머에는 모든 작물을 수확한 텅 빈 들판이 펼쳐져 있었다. 한참을 걸었지만 어떤 인위의 흔적과도 마주치지 않았다. 콩도, 깨도, 고추도, 사람의 손이 닿지 않고 저절로 자라고 수확되는 듯 밭이 넓게 펼쳐져 있었고 그 뒤로는 까마득한 원경으로 산의 실루엣이 보였다. 이런 자연스러운 풍광은 밝음의 도시라기보다는 소녀가 살고 있는 어둠의 섬이라는 생각이 들게 했다. 둘의 발자국 소리만이 조용히 울렸다. 끝을 알 수 없는 그 길을 소년의 손을 잡고 걸어가면서 누군가가 소녀의 이름을 부른다 해도 뒤돌아보지 않을 수 있을 것 같았다.

끝날 것 같지 않던 붉은 열매의 오솔길이 끝나자 넓은 운동장이 나왔다. 그 가운데 낮은 단층 건물이 보였다. 닳아 버린 거대 블록처럼 보이는 이 건물은 모든 것이 휘황하게 빛나는 도시에서 낯설어 보였다. 폐허가 된 신전처럼 이 건물도 폐허였다. 소년이 운동장을 가로질러 뛰어가기 시작했다. 소녀도 뛰어갔다.

－여기가 어디야?

－내가 다니는 학교.

－애들이 왜 없어?

－학교는 언제든지 휴교할 수 있어. 지금은 축제 기간이라 휴교했어.

－난 학교를 안 다녀.

－왜 안 다녀?

－학교가 없어.

－어떻게 학교가 없는 곳이 있어?

－그런 데도 있어.

－그럼 이 도시로 이사 와.

－이사 올 수 없어. 엄마와 나는 추방당했어.

소년이 걸음을 멈추고 소녀의 얼굴을 들여다보았다.

－너 혹시 어둠의 섬에서 살고 있는 거야?

소녀는 범죄자의 딸이라는 것을 밝히고 싶지 않았지만 거짓말은 더 하고 싶지 않았다. 고개를 끄덕였다.

－고기를 먹으면 되잖아.

- 엄마는 인육을 먹을 수 없대. 그건 윤리에 어긋나는 일이라고 했어.

- 인육이 아냐. 식육이지. 우린 허용된 인공 식육만 먹는 거야. 단백질과 치즈, 버터. 다 공장에서 만든 거잖아.

- 이 도시 사람들이 인육을 먹는다는 사실을 감추기 위해 식육이라는 말을 지어냈다고 했어.

소녀는 참지 못하고 소리를 질렀다. 소년은 소녀가 불쌍하다는 표정으로 소녀의 손을 잡으며 말했다.

- 이 도시에서 사는 건 선택받은 거야. 우리는 너무 행복한데 너희 같은 사람이 많아지면 이 도시의 평화를 깨고 위협하잖아. 그래서 어둠의 섬으로 추방한 거야. 조심해. 이 도시에는 사냥꾼이 너처럼 어둠의 섬에서 몰래 숨어들어 온 사람들을 잡아가고 있어.

소년이 돌아서서 걷기 시작했다. 소년이 화를 낸 건 처음이었다. 멀어져 가는 소년의 뒤에서 빨간 국기가 조용히 흔들렸다. 소년의 뒷모습이 낯설었다. 소녀는 소년의 뒷모습을 처음 보았다.

새로운 신전

사냥꾼이다. 말의 눈을 한 남자가 쫓아오고 있었다. 투명하고 꿰뚫을 듯이 바라보던 남자는 여자가 몸을 돌려 달아나려는 미묘한 순간을 감지하고 있다가 거의 동시에 쫓기 시작했다. 예쁜 지붕들과 들판이 곁으로 휙휙 지나갔다. 호흡이 가빠지고 다리에 감각이 없어지는 것을 느낄 때 여자의 몸이 공중으로 붕 떠올랐다. 남자가 두 손으로 여자의 허리를 죄고 허공으로 들어올렸다. 여자는 남자의 손목에 철끈으로 잘린 상처를 보았다. 여자는 비명을 질렀다.

새벽빛이 창을 통해 들어오고 있었다. 사냥꾼들한테 쫓기는 꿈이 생생했다. 딸은 이곳에 온 이후 매일 어딘가를 쏘다녔다. 멀리서 동물의 울음소리가 들렸다. '식육법'이 선포된 후 사람들의 무차별적인 총격을 피해 달아난 가축과 들짐승들이 떠돌며 울었다. 동물들은 죽음보다 고통스러운 굶주림을 견딜 수 없어 총을 불러들이는 긴 울음을 울 수밖에 없는 것이다.

동물들의 바이러스가 변형을 일으켜 인구의 절반이 사망한 뒤 인류는 무균 식육을 찾아냈다. 인간의 줄기세포를 추출해 근육이나 지방세포를 배양해 만든 고기는 맛이 매우 강렬하고 식감도 뛰어났다. 잔인한 도축 과정이나 분뇨, 메탄가스 같은 환경오염 없이 고기를 얻을 수 있었다. 무엇보다 광범위한 전염병으로부터 인간을 구할 수 있었다. 중앙정부는 식육을 먹지 않았다면 인간은 공룡처럼 멸종됐을 것이라고 선전했다.

북두칠성과 북극성이 수직으로 교차하는 날에 탄생한 이 도시는 식육법이 제정되면서 불멸을 약속받았다. 그들은 병이 없는 도시를 약속했고, 복종을 맹세했다. 피를 흘리는 제물이 없어도 '말'만으로 예언의 신탁을 받았다. 인간을 위해 혹은 제단에서 '살'과 '피'를 제공하던 동물들은 사살되었다. 윤리 문제는 인류의 멸망이라는 대전제 앞에 무용했다. 복종하지 않는 자들은 추방당했다. 사람들은 자신의 가족과 친구들이 추방당하는 것을 눈앞에서 지켜봐야 했다. 다른 정치 문제와 달리 협상 테이블에 올라오지조차 못했다. 중앙과 연결된 각 구역의 망은 긴밀해서 빈틈이 없었다. 반발이 어떻게 이렇게 빨리 잠재워졌는지 이해할 수 없었다.

이번 밀행을 끝으로 여자도 저항을 포기할지도 모른다. 최후의 한 사람이 남는 순간까지 어둠의 섬에서 버텨 내려고 했지만 이제는 그럴 힘이 없었다. 딸은 성장을 멈추었다. 학교도 다닌 적이 없다. 불임인 자신의 줄기세포를 이용해 태어난 딸이었다. 딸의 존재를 증명하기 위해서라도 어둠의 섬에 머무는 걸 두려워하지 않았으나 딸의 교육과 성장을 위해 고민 중이었다. 어설픈 모성애를 식육의 도시로 회귀하려는 핑계로 여기는 건 아닌지 두렵기도 했다.

- 오늘이 식육의 도시가 태어난 지 10주년이 되는 날이야. 생일 알지? 그래서 새로운 신전을 거대하게 짓고 축제를 벌인 대. 이런 날은 사람들이 기쁨에 취해서 우리가 아무리 돌아다녀도 의심하지 않지.

여자는 딸을 데리고 밖으로 나왔다. 이곳에 오면 사냥꾼들을 피해 항상 집에 틀어박혀 있었기 때문에 외출 준비를 하는 것만으로도 긴장되었다. 거리에는 사람들로 가득했다. 그들은 붉은 국기를 흔들어 전쟁에서 승리하고 돌아온 군인들의 행군을 열렬히 환호했다. 군인들 앞에는 푸른 에나멜가죽으로 말안장을 댄 경찰들이 호위하고 있었다.

어디선가 팡파르가 울리고 듣기만 해도 기분이 좋은 합창 소리가 들려왔다. 여자는 딸의 손을 잡고 인파를 헤치며 계속 걸어갔다. 점점 더 사람들이 많아졌고, 합창 소리는 점점 더 커졌다. 광장 한쪽에서는 마술사가 상자 안에 있던 사람을 감쪽같이 사라지게 하는 마술을 선보였다. 연단에서는 예언자가 구호를 외치고 있었다. 사람들은 예언자의 말을 숨죽여 듣고 있다가 붉은 깃발을 흔들며 일시에 날아오르는 새 떼처럼 환호했다.

여자는 딸과 함께 사람들이 몇 겹으로 에워싸고 있는 광장을 벗어나 신전으로 들어갔다. 새 질서에 맞게 새로 지어진 신전이었다. 신전 안에도 사람이 많았지만 광장보다는 나았다. 사람들은 정면에 걸려 있는 신상을 향해 끊임없이 절을 하며 기도를 했다. 돔 형태로 솟아 있는 높은 천장에 수많은 사람들의 웅얼거리는 기도문이 울렸다. 마치 동굴 속 동물들의 신음처럼 들렸다. 신음은 점점 고조되어 어느 순간 절규로 변했다. 그들은 울고 있었다. 한 명도 빠짐없이 울고 있었다. 그들의 슬픔도, 죄의식도, 단일한 형태의 속죄였다. 우는 것만이 유일하게 허락된 회개의 형식이었다. 울음은 동물의 신음처럼 돔의 깊은 공간으로 흩어졌다.

사냥꾼

소녀는 낯선 광경이 두려웠다. 엄마도 그들과 함께 기도를 했지만 울지는 않았다. 울지 않는 사람은 엄마뿐이었다. 소녀는 그 사실이 놀랍기도 하고 신기하기도 했다. 소녀는 둘러보다가 쌍둥이처럼 생긴 두 남자가 자신을 지켜보고 있는 것을 깨달았다. 기관사 같기도 하고 아닌 것 같기도 했다. 모자를 벗고 제복을 벗으니 다른 사람 같았지만 날카로운 눈매는 흑경에 비친 기관사의 모습과 비슷했다.

소녀는 사람들 눈에 띄지 않으려고 다른 사람들과 똑같은 방식으로 기도를 시작했다. 소녀 역시 그들과 같은 편이라는 것을 입증하기 위해 울고 싶었지만 엄마처럼 눈물이 나오지 않았다. 윙윙거리는 울부짖음 속에서 절도 있는 동작으로 절을 따라 하다 보니 머리가 어지러웠다. 그러다 속이 울렁일 즈음 누군가 소녀의 팔을 잡아당겼다. 소년이었다. 소년은 소녀를 끌고 밖으로 나왔다. 밖은 눈이 부시게 밝았고 경쾌한 합창 소리에 정신이 맑아졌다.

– 너 안 울었구나?

– 너도 안 운 거 같은데?

– 식육을 먹은 사람들은 울면서 기도해. 그래야 죄 사함을 받을 수 있거든.

– 울기 싫어도 운단 말이야?

– 저절로 울게 되어 있어.

– 그럼 너도 식육을 안 먹어?

– 응.

– 그런데 왜 우리처럼 추방당하지 않았어?

– 어떤 사람들은 식육의 부작용이 있어. 유전자가 지나치게 일치하면 유전병이 생기거든. 그런 사람들은 식육을 안 먹어도 중앙에서 추방시키지 않아. 우리 엄마도 온몸이 뒤틀리면서 고통스럽게 죽어 갔어. 그래서 나도 식육을 먹지 말라는 판정을 받았고.

– 그런데 왜 먹는 것처럼 말했어?

－안 먹는 게 아니라 못 먹는 거니까.

소년이 뒤를 돌아보더니 갑자기 소녀의 손을 붙들고 뛰기 시작했다.

－사냥꾼이 잡으러 오고 있어.

기관사를 닮은 두 남자가 저 멀리서 달려오고 있었다. 그들이 사냥꾼이라고 확신할 수는 없었다. 그들은 그저 도시의 탄생을 축하하기 위해 달리는 사람일지도 몰랐다. 남자 둘이 점점 가까이 다가왔다. 사람들의 구호와 발자국 소리가 귓가에서 윙윙거렸다.

폭죽이 터졌다. 불꽃놀이였다. 파란 하늘과 대비되는 키 작은 붉은 열매 같은 불꽃이 도시의 탄생을 축하하고 있었다. 사람들이 손뼉을 치고 환호할수록 소년은 더욱 빨리 달렸다. 소년의 손에 이끌리는 소녀 또한 필사적으로 달렸다. 하지만 곧 소년을 놓쳐 버렸다. 사냥꾼은 여전히 소녀를 일정한 간격을 두고 쫓아오고 있었다.

소녀는 이 도시에서 유일하게 몸을 숨길 만한 장소를 떠올리고는 그 남자들의 눈을 피해 간신히 신전으로 들어섰다. 첨탑으로 올라가려다 지하로 내려가는 입구를 발견했다. 지하도 나선 계단이었다. 첨탑으로 올라가는 계단보다 길었다. 나선의 소금 벽에는 낙서가 새겨져 있었다. 세계에 대한 낙관과 실패한 사랑에 대한 후회들이었다.

계단이 끝나고 지하의 모습이 서서히 눈에 들어왔다. 지하 천장에는 종유석처럼 생긴 소금 기둥들이 거꾸로 주렁주렁 매달려 있었다. 소금 결정에서 반사된 빛이 서로 부딪쳐 유황 불꽃처럼 푸른빛을 띠었다.

넓은 지하에는 소녀의 키만 한 원통이 오와 열을 맞춰 늘어서 있었다. 그 안에는 온천욕이라도 하듯 가부좌를 튼 사체들이 한 구씩 앉아 있었다. 벌거벗은 사체들의 손목에는 철끈의 흉터가 팔찌처럼 채워져 있었다. 지하는 천장에 매달린 소금 결정이 푸른빛을 토해 내고 있었다. 악취와 소독내와 짠 냄새가 뒤섞인 지하는 천연의 염장소였다. 소녀는 계단을 내려오는 발자국 소리에 몸을 떨었다. 발자국 소리가 동굴에 울려서 한 사람인지 두 사람인지 판별하기 어려웠다. 소녀는 소년이었으면 좋겠다고 생각했다.

21년 만에 첫 단편소설을 묶어 내놓게 되었습니다.
계절이 여든네 번 바뀌는 동안 장편소설을 네 권 펴냈지만
단편은 너무 멀리 숨어 있었습니다.
데스크톱 세 대와 노트북 네 대가 바뀌는 시간이 흘러
소설 파일이 몇 개 사라졌습니다.
국립중앙도서관에서 어렵게 찾아내
내 소설을 내가 옮겨 적으면서
처음 소설을 쓸 때의 설렘과 열정, 우울과 죽음,
환희와 떨림이 고스란히 되살아났습니다.
그 빛깔은 지금도 여전히 마음속 깊이 숨어
언제든지 끄집어내 주길 기다리고 있다는 것도 알게 되었습니다.

단편의 짧은 분량 탓에,
인물이 어떤 생각을 하고 어떤 행동을 하는지,
타인과의 관계에서 풀어내는 이야기가

생략되고 함축될 수밖에 없는데요.

퇴고를 하면서

장편과는 다른 매력에 반년 가까이 빠져 지냈습니다.

앞으로의 21년은 어떤 색깔로 채워질까요.

저도 잘 모르겠습니다.

아마도 계속 쓰고 있을 거라는 사실은 변하지 않을 듯합니다.

긴 시간을 깨워 주신 문학수첩의 강봉자 선생님과 김진석

선생님께 감사드립니다.

항상 응원해 준 옥정, 완희 씨, 은영, 진응 씨, 진희

그리고 가족들 사랑합니다.

소설을 쓸 수 있는 공간을 내준 연희문학창작촌,

원주토지문화관에 감사드립니다.

김경순

빛이 스미는 동안

초판 1쇄 인쇄 2025년 9월 15일
초판 1쇄 발행 2025년 9월 30일

지은이 | 김경순
발행인 | 강봉자, 김은경

펴낸곳 | (주)문학수첩
주소 | 경기도 파주시 회동길 503-1(문발동 633-4) 출판문화단지
전화 | 031-955-9088(마케팅부) 031-955-9536(편집부)
팩스 | 031-955-9066
등록 | 1991년 11월 27일 제16-482호

홈페이지 | www.moonhak.co.kr
블로그 | blog.naver.com/moonhak91
이메일 | moonhak@moonhak.co.kr

ISBN 979-11-7383-017-4 03810